A. H. Parlak

Ami-Liebchen

Geschichten & Gedanken

Impressum

Bibliografische Information der Deutschen Nationalbibliothek:
Die Deutsche Nationalbibliothek verzeichnet diese Publikation in der Deutschen Nationalbibliografie; detaillierte bibliografische Daten sind im Internet über http://dnb.dnb.de abrufbar.

A. H. Parlak am 07. Juni 1962 in Keçiborlu/Türkei geboren, kam als fünfjähriges Kind mit ihrer Familie nach Deutschland. Parlak ist verheiratet und hat einen erwachsenen Sohn. Sie lebt und schreibt in München.

Herstellung und Verlag: BoD – Books on Demand, Norderstedt

ISBN: 9783756224630

Inhalt

Bubama

DER MANN MIT DEM GOLDENEN FEUERZEUG

»Gehen wir heute zum tanzenden Bären?«, fragte ich und sah zu Mama hoch. Mama und ich hatten uns fein gemacht und liefen den Hang hinunter, der uns zum Moschee-Platz führte. Mama hatte die ganze Woche Teppich geknüpft, geputzt, gekocht, Wäsche gewaschen, Quitten und Maulbeer-Marmelade eingekocht und mit den anderen Frauen Fladenbrot gebacken. Am Abend würde sie sich nach all den Strapazen ausruhen können, weil mein Vater ihr helfen würde, auch wenn seine Freunde ihn deshalb aufzogen.

»Ja, mein Schäfchen. Wir gehen zum tanzenden Bären. Aber erst müssen wir deinen Vater finden.« Meine Mama blickte sich um und winkte meinen Vater herbei, der gerade vom Mittagsgebet aus der Moschee auf uns zukam.

»Anne, Buba, schaut da, da hinten!«, rief ich aufgeregt und umklammerte Mamas und Papas Hand ganz fest, als hätte ich Angst, dass sie mir davonlaufen würden. »Da ist der Bäär!«

Wir gingen auf die Menschenmenge zu, die einen Halbkreis um den tanzenden Bären gebildet hatte, einem verfilzten Grizzly, der mit einer dicken Kette um den Hals aus Angst vor den Schlägen seines Herren blöd hin und her tapste.

Mein Vater senkte den Blick und sah zur Seite. »Kommt lasst uns gehen«, sagte er. Der Bär tat ihm leid. Er hatte einmal gesehen, wie ein Mann seinen Bären mit einem Stock geschlagen hatte. Der Bär erstarrte und legte sich ins Gras. Das arme Tier bedeckte sich die Schnauze mit den Pfoten und verharrte in dieser Stellung. Mein Vater war damals selbst noch ein Kind gewesen. Er wusste nicht, warum Menschen so grausam sein konnten, aber er nahm sich fest vor eines Tages vom Hof seines Stiefvaters wegzugehen, der ihn mindestens genauso oft schlug wie der Mann den armen Bären. Er wollte anders sein. Anders leben. Wie wusste er nicht. Aber es musste anders sein.

Etwas später …

Ein Bekannter meines Vaters, der nach Deutschland zum Arbeiten gegangen war, kam lächelnd auf uns zu. Die Männer umarmten sich und der Mann gab mir ein Bonbon.

»Hier rauch mal die«, sagte der Mann und reichte meinem Papa eine Filterzigarette. »Die ist aus Deutschland!« Er trug einen hellen Anzug mit passendem Hut und einen sehr dünnen Oberlippenbart. »Mein Freund, du musst unbedingt da hin Osman!«, flüsterte er meinem Vater ins Ohr. Der Mann holte ein goldenes Feuerzeug aus seiner deutschen Jacke und zündete Papas Zigarette an.

Meine Mutter konnte sich nicht beherrschen. »Ich hab das gehört!«, sagte sie. »Was wird aus uns? Soll ich mit drei kleinen Kindern alleine bleiben?«, fuhr sie den Fremden an. Er antwortete nicht. Männer unterhielten sich nicht mit Frauen, wenn der Ehemann zugegen war.

Der Basar roch nach Zuckerwatte, Gewürzen und Eau de Cologne. »Kolonya«, sagen die Türken dazu und reiben sich besonders an heißen Sommertagen kräftig damit ein. Ich liebe Gerüche, nicht nur gute, auch Tabakgeruch oder den frischen Schweiß eines geliebten Menschen. Mein Vater roch immer nach Tabak und etwas Schweiß, schließlich schien er sich nie auszuruhen. »Komm uns besuchen! Wann immer du willst!«, sagte mein Buba zu dem fremden Mann mit dem goldenen Feuerzeug und nahm mich wieder an die Hand.

Wenn man knapp hundert Zentimeter groß ist, sieht und hört man die Welt anders. Besonders in einer Menschenmenge, wenn es eng wird. Das Rascheln von Stoffen, Händler, die schreiend ihre Waren anpriesen: Alles war vorzüglich, exquisit, deliziös, und von erlesener Qualität. Hinzu kamen Eselsschreie, das Kreischen von Hühnern, die vor den Augen des Käufers geköpft wurden und der ferne Ruf des Muezzins. Das alles vermischte sich zu einem Geräusche-Salat, bis mein Vater mich hochnahm und auf seine kräftigen Schultern setzte. Das war lustig, so konnte ich alles viel besser sehen. Bunte Luftballons und Bonbons, Plastik-Spielsachen, hin und wieder ein exotischer Vogel, verängstigt in einem Käfig sitzend und dazu Gerüche von Gewürzen, die einem beim Vorbeigehen ganz schwindelig machten. Meine Mutter feilschte wild gestikulierend mit einer Bäuerin beim Kauf von Tomaten. Ihr Korb füllte sich mit Gurken, Trauben, Granatäpfeln, Zuckerrüben, Oliven, Schafskäse und frischen Eiern. Eier gab es bei uns nicht oft, da wir keine eigenen Hühner hatten. Das Gemüse wurde nicht nur frisch verzehrt, man sorgte auch für den Winter vor: Selbstgemachtes Tomatenmark, Marmelade, eingelegte Gurken, Peperoni und Zwiebeln. Man trocknete Paprika, Auberginen und Pintobohnen, indem man das Gemüse auf Fäden zog und an Küchenwände hängte, so wie Girlanden. Im August gab es »Bulgur-Feste«, dabei wurde frisch geerntete Gerste bis in die Nachtstunden in riesigen Kesseln aufgekocht, gesalzen und an die Dorfbewohner verteilt. Es schmeckte vorzüglich!

Ali Abi, der Eisverkäufer machte an diesem Tag besonders schöne Kunststücke mit seiner Eisspachtel. »Extra für dich, dem schönsten Mädchen weit und breit!«, rief er mir entgegen. Eines Tages sollte ich seinen Sohn heiraten. »Gibst du sie mir zur Schwiegertochter?«, fragte er meinen Vater und machte ein flehentliches Gesicht.

»Nasip«, meinte mein Buba, was so viel wie »So Gott will!« bedeutet. Damit wurde die Entscheidung an Allah abgegeben. Sehr schön! Ali Abi zog das Eis wie Kaugummi in die Länge, um es dann kunstvoll wieder auf die Eiswaffel zurück zu befördern. Ich klatschte begeistert in die Hände. Den Sohn des Eisverkäufers habe ich nicht geheiratet, obwohl ich damals dreijährig keine bessere Wahl hätte treffen können, ein Leben lang Eis, kann man sich ein schöneres Leben vorstellen?

»Probiert mein Eis, liebe Leute und ihr werdet das Paradies schmecken!«, rief Ali Abi und wandte sich wieder an die Menge. Mein Vater blickte meine Mutter fragend an. Konnten sie sich das Eis leisten? Ali Abi wäre ein schlechter Händler gewesen, wenn er nicht Menschenkenntnis besäße. Augenzwinkernd bot er seinen zukünftigen Schwiegerleuten einen besonders günstigen Familienpreis an. »Na willst du?«, fragte Ali Abi freundlich. Mein Vater wollte und übersah den vorwurfsvollen Blick meiner Mutter. Dieser Tag sollte sich schicksalhaft auf unser Familienleben auswirken. Auf dem Nachhauseweg sahen wir eine Gruppe junger Männer dicht gedrängt vor einem Plakat im Schaufenster des Barbiers stehen. Aus dem Stimmengewirr erhob sich das Wort *Almanya* deutlich heraus.

»Was heißt Almanya?«, fragte ich meinen Vater und leckte an meinem Eis.

»Deutschland«, sagte er. Er hatte Feuer gefangen. »Ein Land, ganz weit weg von hier.«

»Gibt es dort auch Eis?«, fragte ich.

Mein Vater lachte. »Aber ja, meine Kleine. Es gibt dort ganz viel Eis und noch mehr Schokolade.«

»Und wo ist Almanya?«, wollte ich wissen.

Er nahm mich hoch, küsste mich auf die Wange und sagte: »Du kennst doch den Berg, den wir von unserer Terrasse aus sehen können?«

»Ja«, sagte ich und grinste meinen Buba an. »Der Berg mit dem Schnee oben drauf.«

»Genau der. Und g e n a u dahinter liegt Almanya. Vielleicht geht der Buba mal dort hin. Und dann bring ich dir ganz viel Schokolade mit.«

»Und Eis?«

»Und Eis!«, versprach mir mein Buba schmunzelnd und drückte mich fest an sich. Ich war zufrieden. Ein Ort, wo es Eis und Schokolade gab, musste toll sein.

Zwei Jahre lang lebte mein Vater von uns getrennt in München. Ich vermisste ihn sehr. Für Kinder spielt es keine Rolle, warum sich Eltern trennen, ganz egal ob es wegen einer Scheidung oder wie in unserem Fall für ein besseres Leben war; ich hatte meinen Vater verloren! Dass er bald wieder da wäre, tröstete mich nicht. Die bunten Spielsachen, die er uns schickte, konnten es ebenso wenig tun, ich wollte meinen Buba wieder bei mir haben.

»Kinder vergessen schnell. Mach dir keine Sorgen«, sagte meine Oma.

»Ja«, sagte meine Mutter und verbarg ihre Tränen.

Eines Tages beschloss mein Vater uns zu sich zu holen. Hätte er dies nicht getan, wäre mein Leben ganz anders verlaufen: Vermutlich wäre ich jetzt Mutter mehrerer Kinder und bereits Großmutter. Hätte kein eigenes Bankkonto, dafür das Gefühl von tiefer Geborgenheit mit dem Wissen dazuzugehören.

Mein Buba arbeitete im *Krankenhaus Harlaching*. Ich weiß nicht, welcher Tätigkeit er da nachging, vermutlich war er Stationshelfer. Schließlich hatte er ja keine Ausbildung, geschweige denn gute Deutschkenntnisse. Aber er trug einen weißen Kittel. Daran erinnere ich mich heute noch – mein »Buba« in einem strahlend weißen Kittel vor einem modernen hohen Haus. Stolz erzählte ich den anderen Kindern, dass mein Vater nach Deutschland gegangen war, um Arzt zu werden. Außerdem behauptete ich vierjährig, ich könne bereits deutsch sprechen und gab ihnen eine Kostprobe. Sie waren beeindruckt, zumal ich mein Publikum mit echt deutschen Bonbons bestochen hatte.

Eine der wenigen Erinnerungen, die ich mit der Türkei verbinde, ist der Tag, an dem mein Vater zurückkam, um uns zu holen. Als er ging, war ich knapp dreieinhalb Jahre alt gewesen und wie die meisten kleinen Mädchen hatte ich meinen Vater sehr geliebt. Ein kleines Kind kann nicht wirklich begreifen, was es bedeutet, dass der Papa bald wieder da ist. Es hat kein Zeitgefühl, schon gar nicht, wenn es heißt: Der Papa kommt in drei, sechs oder zwölf Monaten wieder. Er war weg. Für mich war es für immer.

Am Tag seiner Ankunft flüsterte meine Mutter mir die Neuigkeit ins Ohr, während sie mein Haar kämmte: »Heute Abend, wenn es dunkel ist, kommt dein Buba. Und er wird nie wieder weggehen. Wir gehen nämlich alle nach Almanya!«, sagte sie und küsste meinen Kopf. Ich war überglücklich, immer und immer wieder schaute ich in den Himmel und hoffte, dass es bald dunkel sein würde. Ich sah hinüber zu *Papas-Berg* und rief in Richtung Almanya, dass ich auch bald dort sein würde. Aber erst müsse mein Buba uns noch holen.

Als es endlich dämmerte, lief ich wie der Blitz zum Bahnhof. Der Zug war soeben eingefahren. In etwa zehn Metern Entfernung sah ich einen fremden Mann, der zu mir herübersah. Mein Buba stellte seine Koffer ab und ging in die Knie: »Mein Schäfchen, was machst du denn hier so ganz alleine?« Ich stand da, wie angewurzelt, war mit einem Mal ganz still. Er nahm mich hoch und drückte mich fest an sich. Er roch so gut und so fremd. Ich weiß heute noch, wie seine unrasierte Wange pikte. Ein Dreitagesbart, solange dauerte die Reise mit dem *Gastarbeiter-Express*. Immer und immer wieder küsste er mich. »Mein Engel«, sagte er. »Mein kleines Mädchen!« Von Weitem sah ich meine Mutter, meinen Bruder Memduh und meine große Schwester Hanife. Sie liefen uns entgegen. Mein Vater war überglücklich. Er drückte uns alle drei an sich und weinte vor Freude. Obwohl ich noch ein kleines Kind war, konnte ich spüren, dass sein Kommen diesmal anders war. Etwas von seiner Traurigkeit war von ihm gewichen und hatte Platz gemacht für das Gefühl, wieder ganz zu sein. Wir fünf waren wieder eine Familie.

Vier Wochen später traten wir die große Reise nach Deutschland an. Meine kleine Schwester Ayten war da schon in Mamas Bauch. Sie sollte genau acht Monate später in München zur Welt kommen.

AMI-LIEBCHEN

»Haben Sie ne Zigarette für mich?« Der Fremde rieb sich die Hände, während er von einem Fuß auf den anderen trat. »Oder etwas Tabak?«

»Nein!«, sagte Konrad, und sah an dem Mann vorbei. Er hielt Ausschau nach Marie.

»Oder etwas Brot?« Der Fremde trat dichter an Konrad heran. Konrad sah dem Mann ins Gesicht und umfasste seinen Arm. »Hören Sie, ich habe nichts!« Seit zwei Tagen hatte er selbst nichts gegessen. Die Brotmarken hatte ihm dieser Schurke in Berlin abgenommen, in der Schlange vor der Backstube. Einfach aus der Hand gerissen. Der Krieg war vorbei, das Verbrechen aber nicht!

Wie aus dem Nichts stand plötzlich Marie vor ihm. »Oh Konrad!«, rief sie und fiel in seine Arme. Sie sah ihn an mit ihren unglaublich blauen Augen und lächelte. »Komm, lass uns gehen«, sagte sie nach einem kurzen Blick auf die bettelnden Menschen ringsherum und hakte sich bei Konrad ein. Sie legte ihren Kopf auf seine Schulter und atmete einmal tief durch, als ob so all der Schmerz der vergangenen Jahre aus ihr entweichen könnte. Sie sah in zärtlich von der Seite an und fühlte sich genauso glücklich wie damals, als sie ganz jung waren. Als sie ihre Träume und Hoffnungen miteinander geteilt hatten.

Konrad war erst seit wenigen Tagen aus der französischen Kriegsgefangenschaft zurückgekehrt. Die Franzosen hatten nichts für Deutsche übrig. Und die Deutschen hassten sie umso glühender zurück. »Wir haben den Krieg verloren, aber nicht unsere Ehre!«, sagten seine Kameraden. Als Konrad einmal beiläufig erwähnte: »Kann man einen Krieg überhaupt gewinnen?«, hörten sie auf mit ihm zu reden. Konrad wurde vorzeitig entlassen, weil er als Andersdenkender und Pazifist in KZ-Haft gewesen war. Ein amerikanischer Offizier wurde auf ihn aufmerksam und rekrutierte ihn für den Journalistendienst. Die Amerikaner brauchten Leute wie ihn: mehrsprachig, wortgewandt und ohne NS-Vergangenheit. In wenigen Tagen würde Konrad bei der *Süddeutschen Zeitung* anfangen.

Maries Mutter war schon vor dem Krieg gestorben und ihr schwerkranker Vater wurde als politischer Gegner im Namen des Führers wenige Tage vor Kriegsende hingerichtet. Marie flüchtete aus der elterlichen Wohnung und zog zu ihrer Freundin Hilde in die Rosenheimerstraße. Dort lernte sie Jonny, ihren Amerikaner kennen. Dass die Nachbarn sie und Hilde mit Argwohn beobachteten, störte sie nicht. Sie hatte nichts mehr zu verlieren.

Luftminen hatten ganze Häuserzeilen zermalmt, an anderen Stellen ragten nur noch ausgebrannte Mauern aus dem Schutt hervor. Es war schwierig durchzukommen. Sie mussten über meterhohen Schutt hinweg klettern. Fast das ganze Schienen- und Straßennetz, die Versorgung für Gas und Wasser, alles war lahmgelegt. Es war ein kalter Septemberabend. Konrad krempelte seinen Mantelkragen hoch und zog Marie noch enger an sich. Erst jetzt bemerkte er, wie dünn sie geworden war.

»Wir sind da!«, sagte Marie und blieb stehen.

Sie löste sich aus Konrads Umarmung und lächelte dieses Lächeln. Sie hat sich ihr Lächeln von damals bewahrt, als alles leicht und unschuldig war, dachte Konrad. Sie lebte in einem der Häuser, die noch einigermaßen intakt waren. Der Dachstuhl war bei einem Bombenangriff an der Südseite fortgerissen worden, doch die tragenden Wände und beinahe alle Fenster waren wie durch ein Wunder heil geblieben.

»Are you happy?«, hatte Jonny sie nach ihrer ersten Nacht gefragt. »Yes!«, hatte sie geantwortet und ihren Gönner geküsst. Jonny hatte dafür gesorgt, dass sie ein Dach über dem Kopf und genügend zu essen hatte. Er war ein guter Mensch. Ihr Jonny. Doch seit Kurzem war er weg. »Take good care of her!«, hatte er seinem Kumpel Dean aufgetragen. Nun schlief sie mit Dean. Sie hatte eine Taktik, wie sie den Sex über sich ergehen lassen konnte, ohne darunter allzu sehr zu leiden. Im Geiste zählte sie das Geld, das sie eines Tages besitzen würde. Geld für einen Neuanfang. Denn das hatte sie der Krieg gelehrt: Man war *immer* auf sich alleine gestellt!

Dean versorgte sie mit Kaffee, Dosenfleisch, kalifornischen Pfirsichen, Zigaretten und das so begehrte Speiseöl. Es gab Menschen, die hätten jemanden für eine lumpige Packung Zigaretten umgebracht. Marie musste vorsichtig sein! Ihre Landsleute, Männer wie Frauen, warfen ihr diese Blicke zu. Diese bösen, herablassenden Blicke, die zu sagen schienen: »Du Hure! Du Vaterlandsverräterin!«

Konrad und Marie betraten das Haus und stiegen hinauf in den zweiten Stock. Eine Frau mit einem kleinen Jungen an der Hand kam ihnen von oben entgegen. Er war etwa drei Jahre alt und trug Knickerbockers und eine *Schlägermütze*. Wie ein Großer kletterte er Stufe für Stufe hinab. Eine Hand am Treppengeländer, die andere fest umschlungen von seiner Mutter. Konrad lüftete seinen Hut. »Warten Sie«, sagte Marie, die Frau drehte sich nach kurzem Zögern im Treppenabsatz um und blickte zu Marie hinauf. Sie hatte diesen ängstlichen Blick, den alle Frauen sich während des Krieges gegenüber Unbekannten angewöhnt hatten. Marie ging einige Stufen hinab, blieb stehen und holte eine Tafel Schokolade aus ihrer Handtasche heraus. »Hier«, sagte sie und reichte die Süßigkeit dem kleinen Buben. Das Kind machte große Augen. »Mama schau!«, rief es und zeigte sie seiner Mutter. Die Frau nickte kurz, ohne den Blick von ihrem Sohn abzuwenden und ging wortlos die Treppe hinunter.

Marie und ihre Freundin Hilde wohnten im gleichen Stockwerk. Hilde hatte sie aufgepäppelt und ihr schöne Kleider nähen lassen. Völlig ausgemergelt und schmutzig sei sie gewesen, nachdem sie von zu Hause aus Angst vor der SS geflüchtet war. Die Wohnung zwischen Hilde und Marie stand leer. Dort sollte Konrad wohnen. »Mein Bruder kommt heim«, hatte Marie ihrem Dean berichtet und ihm in dieser Nacht einen besonderen Wunsch im Bett erfüllt. »Schon okay!«, hatte Dean gesagt und ihr den Schlüssel zur leeren Wohnung übergeben. Dean wusste, dass Marie keinen Bruder hatte.

Marie fischte den Schlüssel aus ihrer Manteltasche und hielt ihn zaghaft in die Luft. »Schau, das ist der Schlüssel zu deiner Bude«, sagte sie und schloss die Türe auf. »Dean wird dir morgen eine Schreibmaschine und Papier bringen. Dann kannst du deine Artikel von hier aus schreiben«, sagte sie. Konrad senkte den Blick. Eigentlich müsste er vor Freude in die Luft springen. Er hatte ein Zimmer mit Bett, Tisch und Stuhl. Einen guten Anzug, eine Schreibmaschine und genug zu essen, wie es schien.

Er sah Marie lange an. »Warum tust du das alles für mich?«

»Aach!«, machte Marie und fuhr ihm mit den Fingern durchs Haar. Sie dachte an jene Nacht, als Konrad für *sie* da war. Als er im richtigen Moment das Richtige für sie tat. Als niemand ihr geglaubt hatte, dass sie vergewaltigt worden war und das Kind ihres Peinigers in sich trug. Konrad war auch für sie da gewesen, als ihr Baby viel zu früh geboren wurde und bald danach starb. »Weil du ein guter Mensch bist«, sagte sie, nahm Konrad bei der Hand und führte ihn in ihre Wohnung. Konrad atmete tief durch. Seit Jahren hatte er diesen seifigen, frischen Duft einer sauberen Wohnung nicht mehr eingeatmet. Auf dem Küchentisch gegenüber der

Anrichte stand ein großer Teller mit Pfannkuchen. Zucker, Marmelade und Äpfel. Auf einem anderen kleineren Teller hatte Marie Wurst und Käse drapiert. Ein Brotkorb stand daneben. »Greif zu!«, sagte sie, nahm Konrads Hut und Mantel ab und führte ihn an den Tisch. Lange, sehr lange blickten sie sich in die Augen. Sie sahen den Schmerz des anderen, den Hass, die Scham. Konrad konnte sich nicht mehr beherrschen: »Dieser Krieg! Dieser verdammte sinnlose Krieg!«, platzte es aus ihm heraus. Wie vom Donner getroffen, ließ er sich auf den Stuhl sinken, vergrub den Kopf in die Arme und schluchzte. Marie stellte sich dicht neben ihn und streichelte sein Haar. Konrad wischte sich die Tränen ab und lächelte Marie erleichtert und dankbar an.

»Schau. Jetzt lachst du sogar«, sagte sie und setzte sich ihm gegenüber an den Tisch. Sie goss heißen Kaffee aus einer Thermoskanne in ihre Tassen ein und schob den Teller mit den Pfannkuchen zwischen Konrads Arme, die rechts und links leblos auf dem Tisch ruhten. »Komm iss!«, sagte Marie. »Und glaub mir, du wirst satt!«

Konrads Augen waren für einige Sekunden starr auf den Teller gerichtet. Dann stopfte er sich die Pfannkuchen so hastig in den Mund, dass er sich verschluckte. Während er aß, hing ihm eine schweißnasse Strähne in die Stirn, seine Knie zitterten. Nach einer Weile lehnte er sich zurück und lächelte Marie wieder zu. Irgendwie fühlte er sich glücklich und traurig zugleich. Und ein wenig schuldig. Schuldig wegen eines kleinen Lächelns. Als ob dieses Lächeln Verrat an all seinen toten Kameraden gewesen war. Verrat an seiner geliebte Frau Hannah. Verrat an seinen kleinen Jungen, der nur zwei Tage gelebt hatte.

»Komm!«, sagte Marie und führte ihn in ihr Schlafzimmer. Konrad setzte sich schweigend auf das Bett und betrachtete Marie, die ihm mit ihren weichen, warmen Händen Stiefel, Hemd und Hose auszog. Konrad warf die Bettdecke zur Seite und ließ sich todmüde ins Bett gleiten. Mit angezogenen

Beinen lag er da, die Augen geschlossen, die Hände unter das Ohr gefaltet. Marie zog die Vorhänge zu und legte Kohlen nach. Für eine Weile würde der Ofen sie noch wärmen. Dann zog sie sich auch aus und legte sich im Unterrock zu Konrad ins Bett. Maries Körper umschlang Konrads Körper wie eine große warme Hand. Er atmete tief und gleichmäßig und allmählich entspannten sich seine Muskeln. Marie lächelte zufrieden in sich hinein. Sie und Konrad würden gemeinsam alles schaffen. Einfach alles. Endlich hatte sie wieder einen Mann im Haus. Einen richtigen Mann, der von ihr nichts verlangte. Mit diesen wärmenden Gedanken fiel sie in einen tiefen Schlaf.

Konrad wachte mitten in der Nacht auf und legte Kohlen nach. Dann nahm er einen Schluck von dem kalten Kaffee und legte sich wieder ins Bett. Er lag seitlich neben Marie und betrachtete sie aufmerksam. Sie schlief auf dem Bauch, mit dem Kopf seitlich aufs Kissen gebettet und schien lebhaft aber nicht unruhig zu träumen. Einmal lächelte sie sogar. Konrad musste an die Zeit denken, als er und Marie jeden Morgen gemeinsam zur Schule gingen. Sie waren beide sieben. »Willst du mich heiraten, wenn wir groß sind?«, hatte sie ihn gefragt und er hatte ohne zu zögern »ja!« gesagt. Als sie groß waren, hatte Marie Hans, Konrads älteren Bruder geheiratet. Nun war Hans in russischer Gefangenschaft. Wer weiß, wann er wieder kommen würde.

Marie öffnete die Augen. »Kannst du nicht schlafen?«, fragte sie und legte sich auch seitlich ins Bett, den Kopf auf einen Arm gestützt. Sie sieht wunderschön aus, dachte Konrad und strich ihr sanft über den Kopf. »Marie, ich möchte dich was fragen.«

»Ja?«

»Weißt du, warum ich hier bin?«

Marie richtete sich im Bett auf, zog sich einen Morgenmantel über und ging in die Küche. »Du wirst bei der Zeitung arbeiten«, rief sie in seine Richtung und kam mit einer Kerze, einem Aschenbecher und einem Zigarettenetui zurück. Sie zündete die Kerze an und legte sich wieder ins Bett. »Willst du?«, fragte sie und reichte Konrad das Etui mit den Zigaretten und die Streichhölzer. Sie lächelte.

»Ich will für dich da sein Marie, bis Hans wieder da ist.«

»Ich weiß«, sagte sie und lächelte immer noch.

»Es ist nur so, dass, falls du mit anderen …«

Marie legte ihre Hand auf Konrads Mund. »Sag es nicht!« Sie stand auf, ging zum Fenster, öffnete den Vorhang und sah nach draußen. Alles war still. So still, als habe es nie einen Krieg gegeben. »Konrad, ich bin schwanger«, sagte sie, immer noch den Blick nach draußen gerichtet. Dann drehte sie sich um, ließ ihren Blick an sich herabgleiten, verharrte für einen Augenblick in dieser Stellung, ging zurück ins Bett und sah ihn an, versuchte in seinem Gesicht zu lesen.

»Ist Hans …?«

»Nein!«

Konrad drückte seine Zigarette aus, legte sich wieder hin und drehte Marie den Rücken zu.

»Konrad?«, Marie berührte seinen Arm.

»Lass uns schlafen«, murmelte Konrad vor sich hin und zog seine Bettdecke bis unter seinen Kragen hoch.

»Gut«, sagte Marie und pustete die Kerze aus.

Marie konnte kein Auge zutun. Sie fürchtete sich mit einem Mal davor, das Kind auszutragen. Die Leute würden sie und ihr Kind ausgrenzen und es als »Ami-Bastard« beschimpfen. Es gab keine Zukunft für sie und Jonny. Offiziell durfte er sich gar nicht mit deutschen Frauen abgeben. Überdies war sie verheiratet. Und doch war Marie für einen kleinen Augenblick glücklich gewesen, als Jonny in einem Anflug von Vaterfreuden sie in den Arm genommen, ihren Bauch gestreichelt und gesagt hatte, dass er für sie sorgen werde. Doch als er ihr verkündete, dass er bald nach Regensburg versetzt werden würde, erwähnte er mit keinem

Wort das ungeborene Kind und reichte sie an Dean weiter wie einen benutzten Gegenstand.

Am nächsten Morgen …

Konrad saß am Küchentisch und trank Kaffee. Als sich Marie zu ihm setzte, stand er auf und griff nach seinem Mantel. »Ich muss in die Redaktion«, sagte er.

Marie nickte stumm.

»Wenn ich zurück bin, reden wir über alles.«

Marie nickte wieder.

»Am Abend bin ich wieder da«, sagte Konrad und küsste sie auf die Stirn.

Er würde sie nie wieder sehen.

Zwei Minuten später hörte sie, wie die Türe ins Schloss fiel.

Am selben Abend …

Konrad lief zwei Stufen auf einmal nehmend die Treppe hinauf. Er freute sich auf Marie und auf die gute Nachricht, die er ihr gleich verkünden würde. In wenigen Tagen würde er seine Arbeit als Redakteur aufnehmen und sie brauchte sich keine Sorgen zu machen. Er würde für sie und das Kind sorgen, bis Hans aus der Kriegsgefangenschaft entlassen worden war. Es war gut, dass er eine eigene Bude hatte, so würde keiner Gerüchte verbreiten können. Alles würde wieder gut sein. Er hatte Arbeit, das zählte. Als er an Maries Tür klopfte, machte keiner auf. In diesem Moment ging die Tür der Nachbarswohnung auf. »Sie ist weg«, sagte eine junge Frau und ging auf Konrad zu. »Ich bin Hilde, Maries Freundin.« Die Frau trug ein blaues Kleid und eine doppelreihige Perlenkette um den Hals. Ihre Schuhe waren erstaunlich sauber bei all dem Schmutz auf den Straßen.

»Was?«

»Sie hat mir diesen Brief gegeben. Er ist für Sie. Und hier, das ist der Schlüssel zu Maries Wohnung.«

Betreten griff Konrad nach Brief und Schlüssel und sah Hilde ernst an. »Danke«, sagte er, deutete mit zwei Fingern auf seinen Hut und wartete, bis Hilde wieder in ihrer Wohnung verschwunden war. Scheinbar war Marie erst vor Kurzem aufgebrochen. Im Ofen brannten noch Kohlen. Konrad zog seinen Mantel aus, hängte ihn an den Haken, strich noch einmal über den Stoff und setzte sich an den Tisch. Er drehte sich eine Zigarette, goss sich kalten Kaffee in ein Glas ein und begann zu lesen.

Lieber Konrad!

Ich halte mich gerade bei einem amerikanischen Offizier auf. Er ist schon etwas älter, aber sehr nett. Wie es mit ihm und mir weiter geht, weiß ich nicht, aber solange ich weg bin, kannst du in meiner Wohnung bleiben. Ich erwarte nicht, dass du mich verstehst, aber ich möchte so schnell wie möglich etwas Geld zusammensparen, damit ich mich um mein Kind kümmern kann. Ohne fremde Hilfe. Es wird nicht leicht sein, aber wir werden es schaffen. Wenn dann Hans wieder da ist, werde ich ihm die Wahrheit sagen. Entweder er nimmt mich, so wie ich bin oder er lässt es sein, denn das hat mich der Krieg gelehrt. Am Ende steht jeder für sich alleine da.

Deine Marie

Einige Tage später …

Konrad blieb nicht lange in Maries Wohnung. Irgendwann kam Dean mit zwei Mädchen vorbei. Er musste nichts sagen, es war klar, dass er beide Wohnungen für die Mädchen brauchte. Konrad kam bei seinem Kollegen Alfons unter, bis er genug Geld für eine eigene Wohnung hatte. Als er sich von Hilde verabschiedete, hinterließ er einen Brief für Marie, für den Fall, dass sie zurückkommen sollte.

Einige Wochen später erfuhr er von Hilde, dass Marie vorbei gekommen sei, um ihre Sachen abzuholen. Hilde gab ihm einen Brief, den Marie mit zittriger Hand geschrieben haben musste. Hans sei im Gefangenenlager gestorben. Sie schrieb im unverkennbar sarkastischen Ton, dass das Schicksal Hans davor bewahrt hatte, mit einer Hure leben zu müssen. Seitdem hatte er von Marie nichts mehr gehört. Auch nicht von Hilde.

Drei Jahre später …

»Konrad, hattest du nicht mal was von einer Marie erzählt?«

»Was ist mit ihr?«

»Sie ist tot!«

Alfons reicht Konrad einen Polizeibericht. »Hier, lies selbst.«

»Sie ist …«, beginnt Konrad und lässt sich in seinen Stuhl sinken. Er muss plötzlich an den kleinen Jungen aus dem Treppenhaus denken, dem Marie Schokolade geschenkt hatte. Sie sei in einem »Ami-Bordell« gestrandet und sei heroinsüchtig gewesen. Splash nannten sie das Teufelszeug, ein Cocktail aus Heroin und Amphetaminen. Während eines depressiven Schubs habe sie eine Überdosis genommen und sei daran gestorben. Konrad ist weiß wie die Wand. Er lässt den Polizeibericht sinken und schließt für einen Moment die Augen. Dann sagt er: »Das Kind. Ich muss mich um das Kind kümmern.«

»Welches Kind?«

»Maries Kind.«

»Alfons, bitte hilf mir das Kind zu finden.«

Alfons nickt und greift nach dem Hörer.

Eine Woche später …

»Ach wissens, ich mag Kinder gern«, sagt die Frau, während sie Kartoffeln schält. »Ein Kinderl mehr, was macht des scho?«

»Ja«, sagt Konrad mit müder Stimme. Seine Frau Franziska sitzt stumm neben ihm. Konrad hat Franziska in der Redaktion kennengelernt. Sie arbeitete dort als Sekretärin und war mit einem Angeber verlobt gewesen. Arbeit bis in die Morgenstunden und das Gefühl bei der *Süddeutschen Zeitung* gemeinsam an etwas Großem teilzunehmen, haben Franziska nach wenigen Monaten von ihrem Verlobten in Konrads Arme getrieben. Seit sechs Monaten sind sie glücklich verheiratet und erwarten ihr erstes Kind.

Die Frau steht stöhnend auf und stellt den Topf mit den Kartoffeln auf den Herd. Die Schalen wirft sie in einen rostigen Eimer, dann setzt sie sich wieder an den Tisch. »Habens des Geld dabei?«, fragt sie. »Sei Mamma«, sie zeigt auf den kleinen Hans, der ohne Hose auf dem Boden in der hintersten Ecke der Stube sitzt und mit einem Holzlöffel spielt. »Also Ihre Schwägerin schuldet mir noch hundertzehn Mark, wissens? Die war ja net grad zuverlässig!«

Konrad holt seine Brieftasche aus der Innentasche seines Mantels hervor und legt das Geld auf den Tisch. Das Gesicht der Frau erhellt sich für einen Augenblick, dann macht sie wieder eine düstere Miene. Sie steckt das Geld ohne nachzuzählen in ihre Schürze und schreit nach ihrem Großen. Der Junge schleift den verängstigten Hans an den Küchentisch und zischt wieder ab. Die Frau nimmt das Kind hoch, setzt es auf ihren Schoß und versucht den Buben mit dem Hoppa-Hoppa-Reiter-Reim zum Lachen zu bringen. Unaufhörlich lässt sie das Kind auf ihrem Knie hüpfen und lacht und singt. Doch Hans sitzt stocksteif auf ihrem Bein und schaut mit geneigtem Kopf zur Seite. Konrad spürt einen Stich in der Herzgegend, als Hans stumm vor sich hin weint. Es ist eigentlich kein Weinen, vielmehr ein Winseln. Er hält es nicht mehr aus. Er entreißt Hans aus den rissigen Händen der Frau und drückt den Kopf des Kleinen an seine Brust. Er murmelt leise Liebkosungen in das Ohr des Kindes und schaukelt ihn sanft hin und her. Hans schläft sofort in seinen Armen ein.

Zehn Minuten später …

Konrad legt den kleinen Hans in sein Bettchen, deckt ihn vorsichtig zu und geht wieder zur Stube. »Geben Sie gut acht auf ihn bitte«, sagt er zur Frau und weiß genau, dass er sofort eine neue Kinderfrau für Hans finden muss. Konrad geht mit schnellen Schritten zur Tür. Franziska folgt ihrem Mann nach draußen.

Auf der Heimfahrt mit der Tram sitzen Konrad und Franziska stumm nebeneinander und schauen nach draußen. Die Tram ist dicht besetzt. Ein muffig-modriger Geruch macht sich breit. Noch immer gibt es viele Obdachlose und baden ist nach wie vor ein Luxus. »Was geht dir durch den Kopf Liebling?«, flüstert Franziska ihrem Mann ins Ohr. »Ach nichts«, sagt Konrad und senkt den Blick. Er sieht den kleinen Hans vor sich, der völlig verwahrlost bei dieser Frau lebte. Konrad presst die Augen fest aufeinander, als könne er die Bilder dadurch aus seinem Gedächtnis löschen. Er hatte Marie im Stich gelassen. Auch wenn Hans nicht der Vater des Kindes war, so war doch Marie seine Frau. Die Frau, die er geliebt hatte bevor der Krieg die beiden entzweit und den kleinen Hans hervorgebracht hatte. Er hätte am liebsten den Buben sofort mit nach Hause genommen, aber er wagte es nicht. Er konnte Franziska das doch nicht zumuten: ein Kind im Bauch und das andere im Arm. Er wirft Franziska einen zärtlichen Blick zu, den sie sofort erwidert und sich fester an ihn drückt. Sie hatten ein schönes Leben, Konrad und Franziska. Nach der Arbeit in der Redaktion fuhren sie meist zusammen nach Hause, aßen zu Abend und unterhielten sich bei einer Tasse Kakao über dies und das. Oft nahmen sie Arbeit mit nach Hause, Hans las ihr seine Texte vor; oder sie verfolgten ein Hörspiel im Radio. Manchmal gingen sie essen oder ins Kino. Wenn das Baby da ist, würde ihr Leben vollkommen sein.

Am nächsten Abend …

Konrad klingelt an seiner Haustür. Als sich niemand regt, sperrt er selbst auf. Franziska scheint noch nicht zurück zu sein. Sie hatte sich bei ihrem gemeinsamen Chef entschuldigt und war zu ihrer kranken Mutter nach Schwabing gefahren. »Ich komme spät. Warte nicht mit dem Essen auf mich«, hatte sie zu Konrad gesagt. Sein Drängen, gemeinsam zu den Schwiegereltern zu fahren, hat Franziska vehement abgelehnt. Nun ist es schon fast zehn und Franziska ist immer noch nicht da. Konrad macht sich Sorgen. Er schlüpft in seinen Mantel, setzt seinen Hut auf und schließt die Wohnungstür hinter sich ab.

Die Luft ist stickig und man kann förmlich den Regen riechen. Konrad will gerade die Straße überqueren, als er Franziska mit einem kleinen Jungen an der Hand auf ihn zukommen sieht.

»Hans?«, ruft Konrad und läuft auf das Kind zu. Er geht in die Knie und schließt den kleinen Hans in seine Arme.

»Fasisa hat Schauklpfäärt«, sagt Hans und zeigt auf Franziska, die vor sich hin lächelt.

»Ja, das hat sie und ein ganz großes Herz«, fügt Konrad hinzu und formt mit seinen Lippen ein lautloses »ich liebe dich«.

Franziskas Lächeln wird breiter. »Auf gehts ihr beiden!«, sagt sie glücklich und die drei laufen schnell nach Hause, bevor es anfängt wieder zu regnen.

WERNER

Wir verabredeten uns in eines meiner Lieblingscafés. Hier in diesem Café hatte meine beste Freundin Beate drei Schwangerschaftstests hintereinander gemacht. Sie war völlig durch den Wind; ungewollt schwanger, wie sie glaubte, von einem Mann, den sie irgendwie liebte, irgendwie auch nicht. Nach drei Tagen voller Ungewissheit und sechs weiteren Schwangerschaftstests hatte ich sie gepackt und war mit ihr in eine Frauenklinik gefahren. Erst als die Frauenärztin nach einem erneuten Schwangerschaftstest und einer erweiterten Ultraschall-Diagnostik, die eigentlich von der Kasse nicht bezahlt wurde, Beate entlassen hatte, war meine beste Freundin zufrieden und ließ sich von mir nicht schwanger nach Hause fahren.

»Du musst Ayşe sein!«, sagte ein unglaublich gut aussehender Mann und nahm mir gegenüber Platz.

»Werner?«, fragte ich und spürte, dass ich rot wurde. Ich war hingerissen und verwirrt zugleich. Warum antwortete ein Mann wie *er* auf meine Kontaktanzeige? Nach wenigen Minuten wischte ich sämtliche Bedenken beiseite. Werner war hinreißend! Wir lachten und lachten. Meist gleichzeitig und manchmal so laut, dass die Kellnerin grimmig zu uns herübersah. Plötzlich wurde er ganz ernst. Er sei herzkrank, vertraute er mir an. Er öffnete die oberen Knöpfe seines Hemdes und führte meine Hand an die Stelle, wo sich sein Herzschrittmacher befand. Unter meinen Fingern konnte ich eine Erhebung spüren, ein kleines eckiges Ding direkt unter seiner Haut. Werner knöpfte sein Hemd wieder zu und lachte, als er sah, wie ich die Augen aufriss. Meine erste Reaktion auf seine Krankheit war ganz und gar nicht edel. Für einen kurzen Moment sah ich in ihm einen Pflegefall, einen Mann, der kränkelnd seine Tage auf dem Sofa verbringen würde. Reiß dich zusammen, sagte ich mir selbst. Du kennst diesen Mann erste wenige Minuten und schon malst du dir solch düstere Szenen aus! Mit einem Mal wurde meine Stimme sanfter und meine Gefühle für ihn nahmen von Sekunde zu Sekunde zu.

»Ayşe, du hast diesen besonderen Glanz in deinen Augen«, sagte er ohne Umschweife. Ich wusste nicht was ich sagen sollte. Ich kam mir vor wie in einem *Rosamunde-Pilcher-Film* und ich war die Hauptdarstellerin. Mein Zynismus hielt nicht lange an. Ich befand mich an dem Punkt, wo wir aufhören zu denken und uns einfach verlieben. »Ist es nicht das, was wir vermissen, wenn der geliebte Mensch uns plötzlich anders ansieht? Kühler, weniger intensiv?«, fragte er und umfasste meine Hände. Ich nickte. »Und, wenn wir eifersüchtig sind, dann doch deshalb, weil der geliebte Mensch sich von uns abwendet und das Strahlen in seinen Augen nun einem anderen Wesen schenkt«, ergänzte ich und versuchte nicht so süß zu schauen.

Nach einem Cappuccino und zwei Kännchen Tee legte ich meine Hand auf die seine und sagte: »Werner, ich muss jetzt gehen. Ich muss meinen Sohn vom Hort abholen.«

»Kann ich dich später nochmal sehen?«

»Klar, um acht bei mir?«, hörte ich mich sagen. »Dann schläft Malik schon.«

Als ich ihm pünktlich um acht die Türe öffnete, fühlte ich mich wie Grace Kelly, die in ihrem blassblauen Chiffonkleid graziös durch den Raum schwebte. Werner, der in diesem Moment in mir, wie er mir später zärtlich gestand, die schönste Frau der Welt sah, überreichte mir zuerst eine langstielige rote Rose, dann eine CD (wir hatten uns im Café über Keith Jarretts legendäres *Kölln-Konzert* unterhalten. Werner hatte inzwischen mir genau diese CD besorgt.). Er schien keine Mühen und Kosten zu scheuen, um einer Frau eine Freude zu bereiten. Ich erkannte in ihm den leidenschaftlichen Liebhaber, nach dem ich mich so lange gesehnt hatte. Um nicht ganz so eitel zu wirken, hatte ich mich nicht umgezogen, lief aber mit meinen hochhackigen Schuhen in der Wohnung umher, die meine dicken Beine so schön streckten (von wegen Grace Kelly, ha-ha!). Er musste ja meine Schönheitsfehler nicht schon am ersten Abend entdecken. Ich musste mir keine Sorgen machen. Werner hätte mich auch mit noch dickeren Beinen genommen. Wir tranken Kaffee, dann Tee und gegen drei Uhr morgens Wein. Natürlich konnte Werner nicht alkoholisiert nach Hause fahren. Also bot ich ihm ganz klassisch das Sofa an. Wir beide wussten, dass hier keiner von uns ein Auge zu tun würde.

»Ich muss morgen ganz früh raus!«, erklärte Werner. »Ein Seminar in Frankfurt.«

»Oh, dann lasse ich dich jetzt in Ruhe schlafen. Gute Nacht«, hauchte ich verliebt und gab ihm einen kurzen Kuss auf den Mund.

»You are playing hard to get«, sagte Werner und fing an, mich zu küssen, bis ich irgendwann nach Luft schnappte. Wir hätten locker den ersten Preis bei einem Kuss-Wettbewerb abräumen können. Und damit jeder sehen konnte, dass ich von nun an ihm gehörte, markierte er mein Dekolleté mit einem halben Dutzend Knutschflecken. Werner erzählte mir, dass er seit zwei Monaten von seiner Frau getrennt lebe. Es sei endgültig. Nach nur drei Monaten Ehe! Über dieses erste Alarmsignal habe ich großzügig hinweggesehen. Sie sei so zwanghaft und geizig gewesen und furchtbar streng. Er bevorzuge weiche Frauen, so wie mich.

»Wer sagt denn, dass ich weich bin?«, kokettierte ich und schleuderte ihm ein Kissen an den Kopf. Werner warf sich auf mich und kitzelte mich solange bis mir die Tränen kamen.

Ich konnte ja nicht ahnen, dass in diesem Augenblick zwanzig Kilometer entfernt, seine Ehefrau Corinna sich die Augen ausheulte. Er war einfach verschwunden, vor zehn Tagen. Sang und klanglos. Wären da nicht Werners Geschwister gewesen, die Corinna zurückgehalten hatten (es war nicht das erste Mal, dass Werner spurlos verschwunden war) hätte sie eine Vermisstenanzeige aufgegeben.

Drei Monate später, längst war Werner bei mir eingezogen, erhielt ich einen Anruf. »Ich bin Corinna Glöckner«, meldete sich eine Frauenstimme. »Ich suche meinen Mann.«

Zwei Stunden später saß Corinna Glöckner in meinem Wohnzimmer und trank Kaffee aus meiner Blümchentasse. Als Werner nach Hause kam, war er außer sich vor Wut. Hatten sich am Ende die Frauen gegen ihn verschworen? »Was tust du hier?«, fuhr er Corinna an. Er setzte sich in einen Sessel und sah von mir zu Corinna. Mehrmals zuckte er mit den Schultern und strich sich über das gerötete Gesicht. Dann stand er auf und ging im Zimmer auf und ab.

»Setz dich doch!« Corinna sah ihn verzweifelt an.

Ich vermied es ihr in die Augen zu sehen. Ich wusste, wie es sich anfühlte, wenn man den Mann, den man liebt, an eine andere verloren hatte. »Ich lasse euch allein«, sagte ich deshalb und zog rasch die Tür hinter mir zu.

Draußen auf der Straße kam mir meine Nachbarin Bella entgegen. Sie trug in jeder Hand eine Einkaufstüte. »Malik und Kevin haben oben Mädchenbesuch!«, sagte sie und ging bei dem Wort »Mädchenbesuch« in die Knie und lachte laut auf.

»Ist ja irre!«, sagte ich und quälte mir ein Lachen ab. »Soll ich die Jungs morgen früh in den Hort …«

»Nein nein, ich mach das schon«, sagte Bella. »Also bis bald Süße. Bin gespannt, was unsere Romeos da oben grade tun.«

»Bis bald«, sagte ich leise, küsste Bella auf die Wange und ging weiter die Straße entlang.

Die Nacht war kalt und plötzlich roch es nach Winter. Der Nachtwind wirbelte die letzten welken Blätter über den Boden. Ein alter Mann führte seinen Hund spazieren. Ein anderer torkelte am Gehsteig entlang. Ich sah Corinna vor mir. Was hatte sie gesagt? Sie habe seinetwegen eine Menge Schulden gemacht, ob er überhaupt arbeite, und was war mit dem Auto, das sie ihm gekauft hatte? Werner habe seine Freundin verlassen, damals vor einem Jahr für sie, sei dann gleich bei ihr eingezogen. Er habe sie auf Händen getragen. Zu Anfang. Ein Traummann sei er gewesen. Ein halbes Jahr danach hätten sie geheiratet. Sie war der glücklichste Mensch auf Erden gewesen. Aber dann, schon in den ersten Wochen nach der Hochzeit, sei er ständig weggeblieben. Aber immer nur für eine Nacht. Auf ihre Fragen, wo er gewesen sei, habe er nicht geantwortet. Ob es eine andere gebe, habe sie gefragt. Nein, es gebe keine andere Frau. »Du bist ja krank!«, habe er ihr vorgeworfen. Am Rande eines Nervenzusammenbruchs sei sie gewesen. Sie als promovierte Psychologin war zum ersten Mal in ihrem Leben bis aufs Tiefste gedemütigt. Ich glaubte ihr. Seltsam. Warum glaubte ich ihr und nicht dem Mann, den ich liebte? Als ich nach zwei Stunden in meine Wohnung zurückkehrte, war Corinna weg. Werner nahm mich in den Arm. Immer und immer wieder küsste er mich und schwur, dass er mich liebe, so sehr liebe! Niemals in seinem Leben wäre er einer Frau wie mir begegnet. »Heirate mich!«, sagte er feierlich.

Nach weiteren drei Monaten zogen Werner und ich nach Kirchseeon. In ein wunderschönes altes Mietshaus. Vor den Umzugshelfern trug mich Werner über die Schwelle. »Ich war noch nie so glücklich wie in diesem Moment, mein Liebling!«, flüsterte er mir ins Ohr. Nie wieder bin ich einem Mann begegnet, der so romantisch sein konnte. Er konnte den alltäglichen Dingen Zauber verleihen. Ein Mal verwandelte er das Schlafzimmer in ein Meer aus Licht und Farben. Mal machte er meine älteste Freundin ausfindig, die ich seit vielen Jahren aus den Augen verloren hatte. Und ein anderes Mal trieb er ein Buch in türkischer Sprache auf, das mich als Kind so gerührt hatte. Mein Sohn liebte Werner und Werner liebte ihn. Es war eine wundervolle Zeit. Ich war so glücklich, dass ich Angst hatte, die Götter würden uns eines Tages dafür strafen. Ich erinnere mich an einen Abend, Werner lag neben mir im Bett, als er plötzlich sagte: »Du musst nicht Angst haben, dass ich dich verlasse. Ich werde es nicht tun! Dazu liebe ich dich zu sehr!« Natürlich hatte ich Verlustängste. Die Geschichte mit Corinna war nicht spurlos an mir vorüber gegangen. »Aach, die Angst kann mich mal!«, sagte ich und besiegelte sein Treuegelübde mit einem langen Kuss.

Wenige Wochen später lernte ich eine völlig andere Seite an Werner kennen. Er wirkte gereizt, ja beinahe gehetzt. Obgleich sämtliche Arbeiten im Haus erledigt waren und wir uns endlich zurücklehnen konnten, vermied er es, mit mir alleine zu sein.

»Das mit dem Haus war ein Fehler«, fuhr er mich eines Morgens an. »Aber du wolltest es ja unbedingt!«, sagte er und rieb sich über Augen und Stirn. »Wir hätten nicht hierher ziehen dürfen. Und dann diese Leute hier. Gott, sind die spießig! Findest du nicht?« Er sah mich herausfordernd an.

»Nein, ich finde es sehr schön hier …«, murmelte ich unsicher.

Von da an entfernte er sich zunehmend von mir. Glücklicherweise übertrug er seine schlechte Laune nicht auf Malik. Was mich betraf, konnte ich den scharfen Unterton in seiner Stimme nicht überhören, als er mir nach wenigen Tagen vorwarf, so träge geworden zu sein.

»Was meinst du mit träge?«, fragte ich ihn.

»Na ja, früher warst du agil, so temperamentvoll, aber vielleicht liegt es daran, dass du so zugenommen hast«, sagte er und wartete gespannt auf meine Reaktion.

Normalerweise hätte ich in so einem Moment irgendetwas erwidert. Ihm eine Gemeinheit an den Kopf geworfen. Doch diesmal schwieg ich. Nicht aus Angst vor einem Streit. Auch nicht, weil ich so toll und unverwundbar war. Ich schwieg, weil ich instinktiv spürte, dass unsere Beziehung vorbei war. Es waren nicht so sehr seine Worte, die mich resignieren ließen, sondern die Kälte, die sich zwischen uns breitmachte. Er ging mir ständig aus dem Weg. Ganz zu schweigen von seinen Ausweichmanövern, wenn ich versuchte, ihn zu berühren. Irgendwann zog er sich ganz in sein Arbeitszimmer zurück und sah bei unseren seltenen Begegnungen durch mich hindurch.

»Außerdem schminkst du dich überhaupt nicht mehr. Irgendwann wirst du auch aufhören, dich zu duschen! Typisch Frau, kaum habt ihr einen Mann an der Angel, schon lässt ihr euch gehen.«

Werner steuerte nun siegessicher mit dem T34 (das war ein berühmter russischer Panzer aus dem 2. Weltkrieg) auf mich zu.

»Du willst Krieg?«, dachte ich und besann mich auf eine Lehre aus meinem Aikido-Unterricht, den Angreifer ins Leere laufen zu lassen. Darum fragte ich mit der Ruhe eines Zen-Meisters: »Sag mal Schatz, welchen Teil des Hauses magst du eigentlich am liebsten?« Ich deutete auf einen Stuhl und lächelte ihn freundlich an.

Werner wollte sich aber nicht setzen. Einen Augenblick lang glaubte ich einen amüsierten Ausdruck in seinem Gesicht zu sehen. Mit abgewandtem Blick kaute Werner an seinem Daumen. »Den Garten«, sagte er und drehte sich zu mir um.

Beklommen sah ich auf seinen Mund. »Den Garten? Ich dachte dein Arbeitszimmer.«

»Nein, nicht mein Arbeitszimmer. Den Garten!« Er beugte sich zu mir nach vorne und sagte mit gruselig leiser Stimme. »Denn da atme ich nicht die gleiche Luft ein wie du!«

Das wars! Somit wurde der kürzeste Rosenkrieg aller Zeiten eröffnet!

Er dauerte ganze drei Tage.

Dann verschwand Werner von der Bildfläche.

Natürlich machte ich mir Sorgen. Und natürlich dachte ich an eine andere Frau. Sein Zwillingsbruder Helmut wusste auch nicht, wo er war. »Wahrscheinlich braucht er mal eine Auszeit. Mach dir keine Sorgen, er geht schon nicht fremd«, sagte er. Sein Handy schien auch mit ihm unter einer Decke zu stecken. Nie war er erreichbar und wenn doch, wurde ich weggedrückt. Meine Nächte wurden zur Hölle. Ich schlief bei offenem Fenster, um sein Auto hören zu können, falls er mitten in der Nacht nach Hause kommen sollte. Spätestens hier hätte ich aussteigen können. Ich meine, von oben betrachtet war das doch gar nicht so schlimm. Einen Schnitzer mehr oder weniger in meinem Herzen, wen kümmerte das? Ich war achtunddreißig Jahre alt. Ich konnte noch viele Männer lieben. Wechsel das Schloss, nimm dir einen Untermieter und jag den Scheißkerl aus deinem Leben, sagte mir meine innere Stimme. Natürlich wusste ich, dass es vorüber war, aber irgendwie passte das Ende nicht zu meinem inneren Drehbuch. Traumprinzen gehen nicht einfach weg, sie sterben höchstens an einem Autounfall.

Kurz vor Weihnachten kam Werner zurück.

Ich verzieh ihm. Er zahlte seinen Mietanteil für die vergangenen Monate und machte mir wieder einen Heiratsantrag.

»Unsere Beziehung ist zu unreif«, sagte ich diesmal. »Lass uns damit noch warten, bis sie sich gefestigt hat.«

»Aber ich liebe dich, ich möchte ein Kind mit dir haben, nein, zwei oder drei Kinder«, rief er begeistert. Ich konnte ja nicht ahnen, dass ich bereits schwanger war. Zwei Wochen später machte ich einen Schwangerschaftstest. Werner war überglücklich. Trotz all der Umstände freute auch ich mich wie verrückt auf unser Kind. Schließlich war ich nicht mehr die Jüngste und wer weiß, vielleicht war das meine letzte Chance, nochmal Mutter zu werden.

Dann verschwand Werner wieder für einige Tage.

Warum tat er das? Und warum ließ ich mir das alles gefallen? Ich hatte doch wegen wesentlich kleinerer Fehltritte Männer in die Wüste geschickt. Was war anders bei ihm? War es das Wechselbad zwischen tiefen Liebesbekundungen und Verlassensängsten, das alte Lied von Zuckerbrot und Peitsche, das mich bleiben ließ? Mein Kind habe ich verloren. Das war der traurigste Tag in meinem Leben. Werner und ich lagen uns weinend in den Armen. Für kurze Zeit schien das Erlebte uns zusammen zu schweißen. Wir verbrachten einige Wochen in vollkommener Harmonie, bis Werner wieder anfing, häufiger auszugehen.

Es lief nach dem gleichen Schema ab: Er duschte, rasierte sich gründlich, putzte sich die Zähne zweimal mit Perlweiß, parfümierte sich und zog seine besten Klamotten an. Während dieser Zeit fing ich an, ihn zu verfolgen. Ich war schon längst nicht mehr ich selbst. Wie durch ein Wunder funktionierte der Alltag. Ich ging zur Arbeit und Malik bekam nicht viel mit. Beate riet mir nicht zum ersten Mal, ich solle den Scheißkerl endlich verlassen. »Du drehst dich im Kreis«, sagte sie besorgt. »Du willst eine Leiche wieder beleben!«

Ich war noch nicht so weit.

Eines Tages bat er mich, ihm bei Lackierarbeiten zu helfen. Er habe mit unserer Vermieterin vereinbart, dass er alle Fensterstöcke und die beiden Balkone lackieren solle. Sie werde ihn gut dafür entlohnen, sagte Werner. »Wenn wir fertig sind, gehen du, Malik und ich schön essen«, versprach er mir. Von Sonnenaufgang bis Sonnenuntergang arbeiteten wir gemeinsam. Ich hatte mich seit Langem nicht mehr so wohl gefühlt. Während der Abenddämmerung, der Balkon zur Straßenseite musste noch lackiert werden, sagte Werner, er müsse noch einmal kurz weg. Er kam mit der Vermieterin zurück. Werner ließ sich das Geld geben und versprach, den Balkon gleich am nächsten Morgen fertig zu streichen. Die Vermieterin war irritiert, warum diese Eile mit der Bezahlung. Werner redete auf sie ein. Ich weiß nicht mehr genau, was er von sich gab, aber ich sehe noch ihren Blick, der meinen auffing; einen kurzen Moment lang dachten wir beide dasselbe: Würde er sein Versprechen halten? Nachdem die Vermieterin gegangen war, fuhr Werner noch einmal weg.

Er kam nicht wieder.

Als ich am nächsten Morgen auf den Balkon ging und all die Farben und Pinsel sah, die verstreut herumlagen, brach ich weinend zusammen. Dies hier war kein Weggehen. Es war einer Flucht. Er war vor mir geflohen. Von Selbstzweifeln zerfressen fing ich plötzlich an zu schreien.

Ich erschrak.

Es war der Schrei einer Wahnsinnigen!

Was kam danach? Das Übliche.

Ich verbrachte die meiste Zeit im Bett, schlief, heulte, schlief, machte eine Liste mit seinen negativen Eigenschaften, lernte sie auswendig, bis ich glaubte, mit dem Teufel höchstpersönlich liiert gewesen zu sein. Liebeskummer hatte ich schon oft gehabt, aber diesmal wurde ich mit dem Schmerz nicht fertig. Andere Leute besaufen sich oder stürzen sich in eine neue Liebschaft, um über den Ex hinwegzukommen. Mir blieb nichts anderes übrig, als zu warten. Bekanntlich heilt die Zeit alle Wunden. Also warum nicht auch meine? Ich war so verzweifelt, dass ich Werners Holzkruzifix, das über seinem Schreibtisch hing, zu mir nahm, mir an die Brust presste und inbrünstig Jesus anbetete. Besonders erniedrigend finde ich aus heutiger Sicht, dass ich eines Tages völlig verzweifelt anfing, ihn zu suchen. Ich hatte erfahren, dass er mit einer Frau in Ebersberg zusammen wohne. Wie ferngesteuert fuhr ich die Straßen ab, bis mein Tank leer war. Natürlich wusste ich, dass ich ihn nicht finden würde. Selbst wenn, was hätte ich denn tun können? Mich vor seine Füße werfen und ihn anflehen, er möge zurückkommen? *Die Liebe lässt sich weder einfordern noch konservieren.* Ich weiß nicht mehr genau, was mehr wehgetan hatte, ihn verloren zu haben oder meine Zweifel über die eigene Fähigkeit, lieben zu können? *It Takes two to Tango* heißt es, oder *Jeder kriegt den Partner, den er verdient.* Ja, ja, ich weiß schon. Aber gibt es wirklich so etwas wie Musterschüler in Sachen Liebe? Menschen, die einfach ein Händchen dafür haben, wen sie an sich heranlassen und wen nicht? Je autonomer ein Mensch ist, desto eher wird er seine Beziehungen sabotieren. Was sollte das? Was tat ich da? Glaubte ich wirklich, ein Freigeist zu sein? Nä! Keine autosuggestiven Tricks jetzt zur Wiederherstellung deines positiven Selbstbildes mahnte ich mich selbst. Und keine: *Ich will so bleiben wie ich bin-Parolen.* Ran an den Kern, Mädchen! Ran an den Kern! Okay, okay! Nun mal sachte, sagte ein anderer Teil in mir. Lehn dich zurück und schau einfach den anderen (Liebenden) ein wenig auf die Finger, vielleicht war ja die Kunst des Liebens erlernbar. Während ich mich in meine pseudo-philosophischen Gedanken hineinsteigerte, saß meine beste Freundin Beate in ihrem kleinen Fiat und war auf dem Weg zu mir. In wenigen Minuten würde sie sich neben mich setzen, mich wortlos in den Arm nehmen und mich erzählen lassen. Sie würde uns etwas zu Essen bestellen, mit mir einen Liebesfilm anschauen und neben mir einschlafen.

Neben Malik war *sie* die Konstante in meinem Leben.

Sie war für mich da.

In guten wie in schlechten Zeiten.

DREI FAMILIEN

Als Kind habe ich nur zwei Mal Weihnachten gefeiert. Einmal lud mich meine Schulfreundin Ina Graml zu sich nach Hause ein und das andere Mal durften wir zu unseren Nachbarn gehen, die selbst sehr viele Kinder hatten. Auf ein paar Kinder mehr oder weniger kam es wohl nicht an …

Wenn ich an meine Freundin Ina denke, sehe ich sofort ihre Eltern vor mir. Besonders ihre Mutter. Ich kann mich nicht mehr an ihr Gesicht erinnern, aber an das Gefühl, das sie in mir ausgelöst hatte. Sie hatte dieses besondere Lächeln und schien immer Zeit zu haben. Wenn ich Ina morgens auf meinem Schulweg abholte, gab sie auch mir zum Abschied einen Kuss und sagte: »Ich werde jetzt ein langes heißes Bad nehmen und danach meine Mutter anrufen.« Sie winkte uns hinterher und schloss erst dann die Türe, wenn wir aus ihrem Gesichtsfeld entschlüpft waren. Manchmal durfte ich bis zu den Abendstunden bei Ina bleiben. Wir aßen zu Mittag, machten Schularbeiten und hörten Musik. Ina liebte die Beatles, also liebte ich sie auch, und wenn sie die Akkorde von »And I love her« anspielte, sang ich dazu. Gegen achtzehn Uhr kam Inas Papa, Herr Graml nach Hause. Inas Mama begrüßte ihren Mann an der Tür wie eine schillernde Fee. Nachdem sich alle die Hände gewaschen hatten, saßen wir an einem opulent gedeckten Tisch. Mit Blumen und Stoffservietten und leiser Musik im Hintergrund. Nach dem Abendessen lagen Inas Eltern in Löffelchenstellung auf dem Sofa, während wir fernsahen.

Auch meine Eltern kauerten abends auf dem Sofa: Meine Mama auf der einen Seite, den Kopf an die Sofalehne gestützt und mein Papa auf der gegenüberliegenden Seite, die Beine ineinander verschlungen. Sie schliefen sofort ein. Um einundzwanzig Uhr weckten wir Kinder sie wieder auf, denn dann kam »Köln«, der erste und einzige türkische Radio-Sender. Meine Eltern lauschten wehmütig zu heimatlicher Musik oder verfolgten stumm das politische Geschehen in der fernen Heimat.

Das Weihnachtsfest bei Ina war herrlich! Kein Streit, keine Hektik, nur pure Harmonie. Wenn ich heute zurückdenke, frage ich mich schon, wie das sein konnte. Wieso war diese Familie so glücklich? Hatte nicht jede Familie irgendwo einen Knacks? Ich werde es nie erfahren. Ich fühlte mich wohl bei ihnen. Und das zählte.

Ich hatte auch andere Freundinnen. Gabi zum Beispiel. Gabi ging in dieselbe Klasse wie Ina und ich. Wenn ich Gabi abholen ging, konnte ich durch den Türspalt sehen, unter welchen Bedingungen sie und ihre Geschwister hausen mussten. Eine alkoholkranke Mutter, die lallend auf dem Sofa lag und ein Familienvater, der nie zu Hause war, weil er neben seinem Job bei der Stadt nachts noch Zeitungen austrug.

Eines Tages war Gabis Mutter aus ihrem dunklen Loch herausgekrochen und saß auf der Parkbank und schaute uns Kindern beim Tischtennisspielen zu. Sie lachte, rauchte und trank irgendwas Hochprozentiges. Irgendwann kippte sie um und lag auf dem Boden. Ihr gelbe Polyesterhose war über und über mit Blut verschmiert, weil sie ihre Periode hatte. Gabis und meine Augen kreuzten sich. Ich habe nie wieder einen Menschen gesehen, der sich so geschämt hat. Zehn Jahre später hat sich Gabi umgebracht. Ina und ich waren bei ihrer Beerdigung. Gabis Mutter war nicht da. Sie sei kurz vor Gabis Tod mit einem anderen Kerl durchgebrannt. Gabis Bruder habe sie einmal gesehen. Auf der Landsberger Straße, dem Straßenstrich gleich hinter unserer Siedlung. Er habe sie angesprochen und ihr erzählt, dass Gabi tot sei. »Gabi, wer ist Gabi?«, habe sie gefragt. »Aber Mama Gabi ist deine Tochter«, habe er gesagt. »Und mich? Erkennst du mich denn nicht? Ich bins Harald, dein Sohn.« »Ach ja«, habe sie gemurmelt, habe verdutzt geguckt und sei weggegangen.

Erst viele Jahre später erhielt Gabis Papa eine Nachricht von der Polizei: Seine Frau sei tot am Isarufer aufgefunden worden. In ihrer Handtasche steckten vergilbte Fotos von ihrer Familie. Auf der Rückseite eines Fotos, wo sie mit Gabi auf dem Arm in die Kamera grinste, stand in kritzliger Handschrift. »Meine süße, kleine Gabi, mein Baby ist tot.«

UNSER DORFHAMAM

»Hamam«, eines der schönsten Wörter, die ich kenne, vielleicht auch deshalb, weil sich meine allerschönste Kindheitserinnerung dahinter verbirgt.

Unser Hamam war etwa hundert Meter von unserem Haus entfernt. Es war ein uraltes Gebäude mit dicken schweren Mauern und einer runden Kuppel. Es stand nicht nur da, es schien mit dem Boden verwurzelt zu sein. Einmal wöchentlich, meist dienstags ging meine Mutter mit uns Kindern dorthin. »Zum Reinigen des Körpers und der Seele«, sagte sie. Man trat zunächst in ein hohes Gewölbe ein, in dessen Mitte ein wunderschöner alter Springbrunnen mit Figuren aus einem Märchen aus *1001 Nacht* plätscherte. Ringsherum befanden sich kleine Kabinen, worin man nach dem Bad ungestört und in duftige Handtücher gewickelt ruhen konnte. An der Kasse saß eine uralte, immer freundlich lächelnde Badewärterin mit dem blumigen Namen »Lale«, die den Badegästen Hamamtücher und Pantinen auslieh. Bevor man die Haut reinigen konnte, mussten sich erst einmal die Poren öffnen. Dazu ging man in einen der fensterlosen Schwitzräume, wo es sehr heiß und dampfig war, sodass man seinen Gesprächspartner kaum sehen konnte. Vielleicht war das der Grund, warum nirgendwo sonst so viel getratscht wurde wie im Hamam. Für Badegäste, die sich für intimere Prozeduren wie etwa das Entledigen von lästigen Körperhaaren zurückziehen wollten, gab es separate Kabinen. Musliminnen sollen am Körper unbehaart bleiben. Körperbehaarung (außer unter den Achseln und im Genitalbereich) war den Männern vorbehalten. Der Körper einer Frau sollte glatt und weich sein. Frauen verbrachten Stunden damit, ihren Körper diesbezüglich in Form zu halten. Vom Schwitzraum gelangte man in eine riesige gewölbte Halle, deren marmorner Fußboden so stark beheizt war, dass man ihn nur auf hölzernen Pantinen betreten konnte. Unter der Mitte der Kuppel, deren sternförmige, durch dickes Glas geschlossene Öffnungen das Tageslicht eindringen ließen, erhob sich ein fünf Schuh hohes Plateau von Marmor und Jaspis reich verzierter »Bauchstein«. Ringsherum befanden sich Zellen mit marmornem Waschbecken für die einzelnen Badegäste. Hier sprudelte reichlich klares Wasser, ganz nach Belieben aus zwei verzierten Hähnen, warmes und kaltes.

Wir Kinder wurden derselben Prozedur unterworfen wie die türkischen Pferde beim Striegeln. Meine Mutter zog einen Waschhandschuh aus Ziegenhaar über, um den Schmutz aus der Haut herunter zu rubbeln. Natürlich schrien wir Kinder dabei. Aber das beeindruckte meine Mutter nicht sonderlich. Sie war ganz in ihrem Element, beinahe ekstatisch, hatte dem Dreck den Krieg erklärt und so schrubbte sie, bis wir aussahen wie kleine rote Krebse. Dabei sah meine Mama aus wie eine Löwenmutter, die ihre Jungen putzte und die Kleinen, die Reißaus nehmen wollten, kurzerhand mit der Pranke zurückholte. Anschließend eilte sie mit einer großen Schüssel wohlriechendem Seifenschaum herbei, um uns nun endgültig den Dreck wegzuwaschen, damit die Haut endlich wieder atmen könne. Wer fertig war, durfte auf das »Bauchbecken«, um sich dort von der Waschprozedur zu erholen. Ich legte mich auf den Rücken und blickte hinauf zur Kuppel, um mir von den Sonnenstrahlen die Nase kitzeln zu lassen. Jetzt erst hatte meine Mutter Zeit, sich der eigenen Körperpflege zu widmen. Sie bestrich ihr Haar mit Henna, damit es später glänzend und kräftig in der Sonne blitzen konnte, wenn mein Vater, der einzige Mann, der ihre Haare sehen durfte, sich daran erfreuen konnte. Das Haar einer Frau ist die halbe Schönheit, sagte meine Mutter und pflegte zeitlebens ihr Haar besonders liebevoll. Dann ging sie zur Badewärterin Zeynep, einer dicken großen Mulattin, um sich der gleichen Prozedur hinzugeben wie zuvor ihre eigenen Kinder.

Wir hielten uns den ganzen Tag im Hamam auf. Wir aßen Zigara-Börek, das ist Teig gefüllt mit Schafskäse in Form von Zigarren, mundgerecht und sättigend dazu tranken wir Gazoz (Eine türkische Limonade mit geheimer Rezeptur). Wir Kinder kicherten verstohlen über die nackten Brüste besonders dicker Frauen.

Irgendwann schob Mama uns in eine der Kabinen im Eingangsbereich und legte uns auf eigens dafür bereitstehende Betten, umwickelte liebevoll unsere kleinen Körper mit Handtüchern und befahl uns zu schlafen.

»Ruhe jetzt!«, sagte sie gespielt streng und gab mir einen Klaps auf den Po, wenn ich so tat, als würde ich schlafen und kichernd mit den Wimpern zwinkerte.

Die Badeprozedur, das leckere Essen, das Plätschern des Springbrunnens und der Gesang der Vögel, der aus den anliegenden Gärten eindrang, wogen uns Kinder schnell in einen süßen Schlaf.

FRAU KRAFFTS
MANSARDENWOHNUNG

Ich muss an meinen ersten richtigen Nebenjob denken, den ich mit siebzehn bei Frau Anna Krafft van de Koppel antrat. Sie wohnte in der Nördlichen Auffahrtsallee in einer feinen Gegend und war eine sehr nette alte Dame. Sie sah ein wenig wie Jessica Tandy aus, nur netter. Äußerlich altmodisch, aber mit dem Herzen einer Humanistin und alles andere als gestrig oder gar spießig! Frau Krafft hatte eine Annonce aufgegeben und suchte eine Zugefrau. So nannte man damals Putzfrauen, die ins Haus kamen.

Als ich zum ersten Mal bei ihr war, führte mich Frau Krafft in ihren Flur, der so groß war wie unser Kinderzimmer und alle Türen, bis auf die Schlafzimmer- und Badezimmertür standen weit geöffnet. Ich trug einen beigefarbenen Tweedrock, einen beigefarbenen Wollpullover darüber und beigefarbene wadenhohe Lederstiefel. In den 1970-ern trug jeder beige in allen Schattierungen. Nie im Leben wäre es einer Frau eingefallen, beige mit lila zu kombinieren. Mit braun oder weiß vielleicht. Notfalls auch mit Schwarz, aber niemals mit Knallfarben. Mein Mantel war Sandfarben und am Revers steckte, wie es damals Mode war, eine alte goldene Brosche, die mir meine Mama geschenkt hatte.

Frau Krafft nahm mir den Mantel ab und hängte ihn sorgfältig an die Garderobe. Sie lächelte. »Ich freue mich, dass Sie gekommen sind«, sagte sie. Sie trug ein schwarzes Plissee-Kleid mit langen Puffärmeln und weißem Spitzenkragen, den eine schmalgeränderte Brosche zierte. Ich konnte nicht aufhören auf die Brosche zu starren. »Oh gefällt Sie Ihnen?«, fragte Frau Krafft und legte ihre Fingerspitzen auf die Brosche. »Mein Mann hat sie mir geschenkt. Er, er ist im Krieg gefallen«, sagte sie so leise, dass ich sie kaum hören konnte. In diesem einen Satz lag so viel Liebe, dass ich sofort begriff, wie einsam sie ohne ihren Mann sein musste. Instinktiv schwieg ich. Von Einsamkeit oder gar dem Verlust eines Ehemannes war ich meilenweit entfernt, aber ich bekam eine Ahnung davon, wie es sein musste, wenn man immerzu nur mit einem Menschen zusammen gewesen war. Alles mit ihm teilte.

Zwei Mal im Jahr fuhr Frau Krafft in die Schweiz, um Freunde zu besuchen. Sie bat mich, sie zum Hauptbahnhof zu begleiten. Also fuhr ich frühmorgens zu ihr und fand eine aufgeräumte, hellwache alte Dame vor, die für ihre Reisen immer das gleiche taubenblaue Ensemble aus Schurwolle trug, dazu ihren leichten oder schweren Mantel je nach Jahreszeit. Sie roch nach frischer Seife und etwas Kölnisch Wasser. In der Hand hielt sie einen Zettel, den sie mir sofort überreichte. »Hier, das ist die Adresse meines Hotels. Falls Sie …« Sie sah mich kurz an. »Nun für alle Fälle!«, sagte sie rasch und sah sich noch einmal in der Wohnung um. »Der Herd ist aus Frau Krafft«, meldete ich brav. Beinahe hätte ich einen Knicks gemacht. Ihr Reisegepäck bestand aus einem braunen Samsonite-Koffer, einer kleinen cognacfarbenen Reisetasche und einem Knirps-Schirm, der griffbereit oben auf der Reisetasche steckte. Nachdem der Taxifahrer uns am Hauptbahnhof abgesetzt hatte, suchten wir das richtige Gleis. Ich blieb so lange im Zug neben ihr sitzen, bis der Schaffner die Abfahrt ankündigte. Natürlich fragte ich mich siebzehnjährig, warum sie nicht alleine zum Hauptbahnhof fuhr, schließlich wurde sie ja mit dem Taxi dort hin befördert. Ich stellte keine Fragen. Ich spürte, dass sie es brauchte.

Vierzig Jahre später …

Hier schau, sagt mein Mann und reicht mir sein Handy. Ich hatte ihm von Frau Krafft erzählt und dass ich einen Artikel über sie schreiben würde. »Hast du sie gegoogelt?«, frage ich ihn. »Ja«, sagt er.

Karl Ernst Krafft (* 10. Mai 1900 in Basel; † 8. Januar 1945 im Konzentrationslager Buchenwald) war ein Schweizer Astrologe, Statistiker und Wirtschaftsberater«, lese ich laut vor. »Im Mai 1937 heiratete er in Zürich Anna (Theresia) van der Koppel, die Tochter eines niederländischen Unternehmers aus Zeist bei Utrecht. Er hatte sich nicht von seiner Erkrankung erholt, als er nach Oranienburg ins KZ Sachsenhausen eingeliefert wurde. Ich blicke kurz auf. »Wahnsinn, das wusste ich nicht. Du etwa?«

»Ja«, sagt mein Mann. »Ich wusste es.«

»Hat sie dir das erzählt?«

»Ja, wir haben uns damals oft über diese Zeit unterhalten.«

»Ach so«, sage ich nur und komme mir ziemlich dämlich vor. Mein Mann war seinerzeit für die Gartenarbeiten zuständig gewesen, während ich mich um die Wohnung kümmerte.

Später, als ich im Bett liege, muss ich wieder an Frau Krafft denken. Ich frage mich, ob ich damals kein Interesse für ihre Vergangenheit gezeigt hatte. Was hat sie gefühlt, damals, als ihre Welt auf dem Kopf stand, sie ihren Mann verlor und von dem Entschädigungsgeld als Angehörige eines Nazi-Opfers leben musste. Aber hat sie mir wirklich nichts erzählt? Was ist mit all den wortlosen Hinweisen. Würde ich diesen Artikel schreiben, wenn sie mich nicht beeindruckt hätte? Jede Begegnung hinterlässt Spuren. Die Frage ist nur, welche Spuren sich tief genug in unser Gedächtnis graben konnten. Frau Krafft war eine Frau, die die alte Zeit verkörperte, so wie ich für viele junge Menschen jetzt die alte Zeit verkörpere. Ich verkörpere eine Generation, die glaubt, politisch zu sein und es doch nicht ist, gemessen an den Problemen, die wir unseren Kindern hinterlassen werden.

Wer weiß, vielleicht wird eines Tages mein Sohn den Typus verkörpern, der das Weltruder in die richtige Richtung hätte lenken können, als die Erde still stand. Als wir vor der Gefahr eines dritten Weltkrieges standen. Im Jahre 2022.

DIE PUPPE MIT DEN BLAUEN AUGEN

»Buba, ich hab in die Hose gemacht, beim Spielen draußen«, sage ich traurig und senke den Blick.

»Das ist doch nicht schlimm!«, sagt mein Vater und beugt sich zu mir herunter. »Wir gehen jetzt erst mal heim, dann ziehe ich dir was Frisches an und alles ist wieder gut!«

»Sie haben mich ausgelacht und mit dem Finger auf mich gezeigt und sich die Nase zugehalten ...« Ich weine. Mein Vater nimmt meine Hände in seine Hände und schaut mich besorgt an. »Komm, meine Kleine sei nicht traurig«, sagt er ruhig, holt sein Taschentuch heraus und wischt mir die Tränen weg. Zu Hause stellt er mich unter die Dusche und seift mich ein. Mit dem Wasserstrahl spritzt er in mein Gesicht, dann in seins. Wir lachen. Dann wickelt er mich in ein Handtuch und trägt mich zum Sofa. »Die Kinder meinen es nicht böse«, sagt er und küsst meine Hände. »Das wird besser, wenn du einmal deren Sprache sprichst«, verspricht er mir.

Meine Eltern haben Angst um uns Kinder und sperren uns ein, wenn sie zur Arbeit gehen. Unsere Wohnung besteht aus einem kleinen Zimmer, einer Miniküche im Flur und einem noch kleineren Bad. Wir haben keine Spielsachen. Nur ein Radio. Meine große Schwester Hanife klaut Zigaretten von meinem Vater, also paffen wir. Irgendwann hält es mein Bruder nicht mehr aus. Er versucht aus dem Fenster zu springen. Glücklicherweise befindet sich das Appartement im

Hoch-Parterre. Als meine Schwester und ich zu kreischen anfangen, rufen die Nachbarn die Feuerwehr. Die Behörden haben keine Erfahrung mit Ausländer-Kindern. So werden wir erst acht Monate nach unserer Migration mitten im Jahr eingeschult. Die Lehrerin setzt mich alleine in die letzte Reihe. Meine Noten sind schlecht und mein Kontakt zu den anderen Kindern gestört. Manchmal prügle ich mich mit ihnen. Mein Vater wird zur Sprechstunde gerufen. Er sieht traurig aus. Was war nur mit seinem kleinen Mädchen passiert? Aus dem lustigen Kind war eine Schlägerin geworden. Meine Schwester wird direkt in die vierte und mein Bruder in die dritte Klasse versetzt. Ohne Deutschkenntnisse können sie dem Unterricht nicht folgen. Ich habe es da leichter. Immerhin lerne ich noch weitgehend visuell, fast jedes Wort ist durch ein Bild illustriert. Trotzdem bleibe ich sitzen. Zu meinem Glück bekomme ich im neuen Schuljahr eine andere Lehrkraft. Herr Maierhöfer, ein sehr netter alter Mann mit weißem Haar und Koteletten, der genauso aussah wie *Ben Carthwright* aus *Bonanza*. Meine Noten werden zunehmend besser. Mittlerweile habe ich auch deutsche Freunde. Manchmal darf ich sie besuchen und mit ihren bunten Spielsachen spielen. Susanne lädt mich zu ihrer Geburtstagsfeier ein. Meine Mama gibt mir ein Päckchen Eduscho Kaffee mit. Sie hat keine Ahnung von der Großstadtetikette, geschweige denn von den Bräuchen eines völlig fremden Volkes. Die Kinder lachen sich kaputt, als Susanne den Kaffee auspackt. Ich spüre, dass wir etwas falsch gemacht haben, aber Susannes Mutter nimmt ihrer Tochter schnell den Kaffee aus der Hand und sagt laut: »Oh, sieh mal, Ayşes Mama hat dir zehn Mark in die Packung gesteckt. Das ist doch mal originell. Wir kaufen dir davon was Schönes, Schatz!«

Wenige Tage später habe auch ich Geburtstag. Als ich mich ins Bett lege, liegt unter meiner Decke eine blonde Puppe. Meine Puppe hat himmelblaue Augen, die sie schließt, wenn ich sie hinlege. Meine erste Puppe trägt ein »Babydoll« in Rosa mit Volant-Unterhöschen darunter.

»Die Nachbarin hat sie dir geschenkt, die nette alte Dame von nebenan«, flüstert meine Mutter mir ins Ohr und gibt mir einen Gute-Nacht-Kuss. Ich halte meine Puppe, die ich Susanne nenne, die ganze Nacht fest im Arm. Am nächsten Morgen stehe ich ganz früh auf und male ein Bild von meiner Puppe für die nette Deutsche Dame. In großen bunten Buchstaben schreibe ich auf die Rückseite.

DANKE LIBE NAHBARIN. DIE PUPPE IST SER SCHÖN SIE HEIST SUSANNE.

GAY & GREY

Joe hat Kopfschmerzen.

In Christophers Schlafzimmer war es letzte Nacht stickig und viel zu warm gewesen. Außerdem musste Christopher in der Nacht x-mal aufstehen, um aufs Klo zu gehen. Ein Mal hat er sogar aufgehört zu atmen und irre laut geröchelt.

»Du hast Apnoen«, sagt Joe zu Christopher, der gerade aufgewacht ist und sich an Joe kuschelt.

»Was?«

»Na ja, dein Atem setzt manchmal aus. Das ist unheimlich. Lass das mal abklären. Ich hab nämlich keine Lust neben einem toten Mann aufzuwachen.«

Christopher richtet sich im Bett auf. »Du findest das unheimlich?«

Joe rollt sich zur Seite und schaut auf die Uhr. »Verdammt schon gleich fünf. Fuck, ich hab doch heut ein Shooting. Ich werde fürchterlich aussehen!« Er greift nach seinem Kopfkissen und legt es für einen Moment auf sein Gesicht und seufzt.

»Wenn dich das alles so stört, kannst du ja das nächste Mal bei dir schlafen!«, sagt Christopher.

Joe verdreht die Augen. »Gott bist du empfindlich!«

Christopher kratzt sich am Kinn. »Wieso bist du eigentlich so kalt zu mir?«, fragt er und sieht Joe lange an.

Joe springt aus dem Bett. »Ich muss weg!«, sagt er und streicht Christopher kurz übers Haar, der nun seitlich auf den Arm gestützt im Bett liegt und immer noch Joe mustert.

»Du wirst nicht wieder kommen, hab ich Recht?«, fragt Christopher wie unter Hypnose.

»Natürlich werde ich wieder kommen … wenn ich …«

Christopher macht eine abwehrende Handbewegung, setzt sich vorgebeugt auf dem Bettrand und umklammert seine Hände. Eine schweißnasse graue Strähne fällt ihm ins Gesicht. »Wenn du jemanden zum Vögeln brauchst?«

Joe blickt zwischen Christopher und der Tür hin und her. »Können wir das bitte ein anderes Mal besprechen?« Er schlüpft nackt in seine Jeans und in sein Seidenhemd und knöpft nur die untere Reihe des Hemdes zu. Christopher schluckt, als er Joes Brusthaare aus dem Hemd heraus blitzen sieht. »Du wirst mich verlassen.«

»Ich kann dich nicht verlassen Christopher. Weil wir nicht zusammen sind«, sagt Joe und sieht Christopher ernst und etwas besorgt an.

»Aber du hast doch gesagt, dass du mich liebst!« Christopher blickt hinunter auf seine Hand. Sie zittert.

»Wir schlafen miteinander und ich mag dich. Sehr sogar. Aber es ist nicht Liebe Christopher!« Joe senkt den Blick, als er sagt: »In deinem Alter müsstest du doch den Unterschied kennen.«

Joes Worte hallen nach: »In deinem Alter« hatte er gesagt! Traurig blickt Christopher ins Leere. Dann erhebt er sich und stellt sich mit geballten Fäusten dicht vor Joe. Erst leise, dann immer lauter werdend, sagt er. »Ich will dich nicht mehr sehen. Geh jetzt bitte.«

»Was? «

Christopher reckt das Kinn vor und zieht die Mundwinkel nach unten. Verächtlich sagt er: »Männer wie dich hab ich früher zum Frühstück verspeist … weißt du eigentlich, wen du vor dir hast?«, brüllt er. Christopher wartet Joes Antwort nicht ab. Er geht an ihm vorbei, streift dabei ein letztes Mal Joes Körper und öffnet die Wohnungstür.

Wortlos steht er da.

Nackt.

Aufrecht.

Stolz.

Joe sieht Christopher von oben bis unten an und macht nur ein trotziges »hm«. Dann schaut er ihm in die Augen und glaubt ein Zögern darin zu erkennen. »Hör zu, wenn du willst …«, Joe legt seine Hand auf Christophers Schwanz. Christopher blickt nach unten, dann auf Joe, der seine Hand blitzschnell entfernt. »Es ist vorbei«, sagt Christopher so leise, dass er sich selbst kaum hören kann. Joe weiß, dass sein Zauber verflogen war. Er strafft die Schultern, fährt sich durchs Haar und geht. Christopher atmet tief durch und schließt die Tür. Endlich war Joe weg. Verschluckt von der Dunkelheit.

Christopher ist eine Legende in der Schwulenszene. Er ist einer der besten Filmleute Deutschlands und hat schon manchen jungen Menschen in der Filmbranche etabliert. Und er war sehr einflussreich. Das ist er immer noch! Christopher hat genug vom »promisken« Leben. Und die Promi-Szene mit ihrem Geltungsdrang kotzte ihn schon lange an. Sicher, er hatte alles erreicht. Hatte sämtliche Preise abgeräumt und an sogenannten »Freunden« mangelte es auch nicht. Doch das, was er brauchte, waren echte Gefühle. Er gehörte nicht zu den Männern, die ihre Ansprüche zurückschraubten, nur weil sie älter geworden waren. Er wusste, dass sein Körper nicht mehr so attraktiv war wie früher, aber er war potent und konnte immer noch mit jungen Männern mit halten! Ganz ohne Viagra!

Zwei Stunden später …

Christopher wischt sich die Tränen weg und berührt seine Lippen, die Joe noch vor wenigen Stunden geküsst hatte. Dann holt er tief Luft, löscht Joe aus seiner Kurzwahltaste, setzt sich an seinen Schreibtisch und bearbeitet seine E-Mails.

JACKS GESCHICHTE

Mein Kumpel, ich nenne ihn hier mal »Jack« und ich kennen uns schon lange und kein Mann in meinem Umfeld hatte mit so vielen Frauen geschlafen wie er.

Jack und ich sitzen in unserem Lieblingscafé und studieren die Speisekarte. Gleich werde ich ihn interviewen. Für meinen kleinen Blog, der in letzter Zeit kaum noch Leser finden kann. Aber das ist eine andere Geschichte …

»Was kann ich euch bringen?«, fragt die Kellnerin freundlich lächelnd, während sie den Tisch abwischt. Sie ist zierlich, hat rote Locken und einen knallrot geschminkten Mund. Als sie Jack sieht, schwindet ihr Lächeln.

Jack mustert die junge Frau. »Wir kennen uns doch!«, sagt er.

Die Rothaarige greift nach ihrem Bestellblock. »Nein«, sagt sie und lässt den Stift über das Papier gleiten.

Jack schaut sie verständnislos an. »Aber du bist doch Nadja?«

»Nein.«

»Petras Schwester.«

»Nein!«, sagt sie wieder und sieht in meine Richtung. »Was kriegst du?«

»Bier«, antworte ich. »Jack, du auch?«

Jack nickt. Er sitzt nach hinten gelehnt und spielt mit seinem Autoschlüssel. Fünf Minuten später kommt die Kellnerin zurück, stellt die Getränke auf den Tisch und verzieht sich gleich wieder.

»Danke!«, rufe ich ihr hinterher. Dann beuge ich mich nach vorne uns sage. »Was war das denn? Hast du etwa auch mit ihr …?«

Jacks Gesichtsmuskeln zucken. »Ja«, sagt er nach einer Weile. Das »ja« klingt trotzig. Trotzig und ein wenig überheblich.

»Wenn du willst, können wir …« Ich will das Interview. Aber ich will einen redseligen Jack. Einen Jack, der so viel wie möglich preisgibt.

»Fang an!«, sagt Jack. Er deutet mit seinem Kopf auf das Diktiergerät.

»Okay«, sage ich und schalte das Diktiergerät an. »Bist du sexsüchtig, Jack?«

Jack greift nach dem Bierdeckel und lässt ihn auf seiner Fingerkuppe balancieren. »Willst du wissen, wie das alles anfing?«

Ich nicke und sehe ihn an, als hätte er mir meinen Lieblingseisbecher vor die Nase gestellt.

»Ich war acht … da war dieses Kaffeekränzchen. Lauter Dreißigjährige in Seidenstrümpfen. Ich stellte mir vor, wie ich unter dem Tisch sitze und diese Beine streichle.« Jack hebt seine leere Bierflasche hoch und gibt der Kellnerin ein Zeichen. »Mit zwanzig war ich mit einer siebzigjährigen Kollegin im Bett. Sie wusste genau, was sie wollte. So was ist echt scharf!« Jack macht eine bedeutende Pause und sieht mich fragend an. Als ich zustimmend nicke, fährt er fort. »In den letzten achtundvierzig Jahren habe ich mit knapp zweitausend Frauen geschlafen.«

Ich reiße die Augen auf.

»Verglichen mit Sexsüchtigen, die jeden Tag mit ner anderen schlafen, ist das nicht viel.«

»Und, wenn du verliebt warst?« Ich erinnerte mich an den Abend, als ich Jack zum ersten Mal begegnet war. Was für ein Glück, dass ich damals einen festen Freund hatte.

Jack sieht mich nur an.

»Verstehe.«

»Ein Mädchen war ...« Jack sieht rüber zur Theke. »Hey, ist die Kleine in den Urlaub gefahren? Wo bleibt denn mein Bier?«, ruft er der Kellnerin zu, die Jack den Stinkefinger zeigt.

»Ja, ich weiß. Uschi«, sage ich.

Uschi war ein heikles Thema für uns beide. Ich konnte sie nicht ausstehen. Sie gab nie etwas von sich preis, das machte mich nervös. Mit Uschi war Jack sechs Jahre zusammen gewesen. Jeder wusste, dass er fremd ging, doch Uschi wollte nichts davon wissen. Irgendwann flog alles auf: Uschi fand heraus, dass Jack mit sechs Frauen gleichzeitig zusammen war und machte augenblicklich Schluss. Danach war Jack ein Wrack. Er machte sogar einen Selbstmordversuch.

»Stresst dich das denn nicht ... also mit den vielen Frauen. Ich meine ...«

»Nein!«, sagt er und hört plötzlich auf zu reden.

Vielleicht hatte er seine Schmerzgrenze erreicht. Ich lasse ihn in Ruhe. Ich habe das Gefühl, dass er sich für heute genug geöffnet hatte.

Am selben Abend erhalte ich eine E-Mail von Jack. Er schreibt: »Du hast mich gefragt, ob ich darunter leide. Ja, das tue ich. Ich hab die Schnauze voll von all der Lügerei. Ich weiß, dass das arschlochmäßig klingt, aber ich sags, wie es ist: Ich kann auf Alkohol verzichten, aber nicht auf Frauen. Sag, was du denkst. Ganz ehrlich denkst.«

Ich antworte ihm: »Ich glaube, dass es viele Menschen gibt, die gerne so leben würden wie du, Jack. Männer und Frauen. Während sie es nur in ihrer Fantasie tun, lebst du deine sexuellen Wünsche aus. Für mich stellt sich nur die Frage, ob es für dich nicht möglich wäre, den Frauen von Anfang an reinen Wein einzuschenken. Das ist nur so ein Gedanke ... Du sagst, du willst meine ehrliche Meinung hören: Ich glaube, man kann auf Dauer nicht glücklich sein, wenn man andere verletzt. Als es mit Uschi Schluss war, wolltest du nicht mehr leben. Das sagt doch was über dich aus, oder? Wer weiß, vielleicht passiert irgendwas, keine Ahnung was, und du lebst plötzlich wie ein Mönch. Alles ist möglich oder nicht?«

Seitdem sind zwölf Jahre vergangen.

Jack ist jetzt zweiundsiebzig. Er hat sich nicht zu einem Mönch verwandelt, aber er lebt in einer Kommune, irgendwo in *San Francisco*.

Zwei Mal im Jahr kommt er nach Deutschland, um seine Schwester zu besuchen. Manchmal ruft er mich an und wir treffen uns in unserem Café. Wir quatschen über dies und das. Er erzählt mir seine Geschichten, die mittlerweile weniger schillernd sind, aber immer noch amüsant. Und ich? Ich sehe ihn an und denke mir, dass es schön ist, so jemanden wie Jack zu kennen, der in keine Schublade passt.

DAS EINSAME HAUS

Helmut lebte zurückgezogen am Stadtrand von München, arbeitete als Programmierer in meiner Firma und er habe noch nie, wie er mir anvertraute, mit einer Frau geschlafen. Alles Neue mache ihm Angst und seine einzige Freude sei das Essen. Er sagte, er könne es nicht verstehen, dass Menschen sich vor Eintönigkeit fürchteten, dabei gäbe es doch nichts Angenehmeres als das. Wie schön es sei, immer zur gleichen Zeit aufzustehen und dieselben Dinge zu tun. Ob mir schon einmal aufgefallen sei, dass in der Wiederholung der eigentliche Zauber liege?

Eines Tages nahm er mich mit zu einem Spaziergang. Pünktlich um siebzehn Uhr liefen wir los. Wir umkreisten einen Park, der nur einen Katzensprung von Helmuts Wohnung entfernt lag, überquerten eine kleine Straße und fanden uns in einem lang gestreckten Spazierpfad inmitten zweier Anwohnerstraßen wieder. Der Weg führte zu einem imposanten Luftschutzturm, den wir im wahrsten Sinne des Wortes links liegen ließen. Wir bogen also am Turm rechts ab und gingen die Straße entlang, bis er plötzlich stehen blieb. Er sah mich sehr ernst an. In seinem Blick lag eine Mischung aus Stolz und Schüchternheit. »Ich geh jeden Tag zur gleichen Zeit spazieren. Ich bin es meinen Freunden schuldig«, sagte er. In diesem Moment wirkte er auf mich wie ein Mann aus dem vorletzten Jahrhundert.

»Deinen Freunden?«

»Wenn ich hier entlanggehe, begegne ich immer den gleichen Menschen. Wir grüßen uns nicht, reden nicht miteinander, und doch stehen wir uns nah ... Es ist perfekt!« Er blieb wieder stehen. Eine junge Frau, die ihr Baby an den Bauch gebunden hatte, kam uns entgegen. Sie sah zu Helmut hoch und warf ihm einen leisen, aber sehr freundlichen Blick zu.

»Diese junge Frau zum Beispiel«, fuhr Helmut fort. »Erst ging sie mit ihrem Freund spazieren. Dann war sie schwanger und jetzt ist das Baby da.«

Wir gingen ein Stück weiter, dann zeigte er mir ein Haus auf der gegenüberliegenden Straßenseite. »Siehst du das Haus da drüben?«

Ich nickte.

»Wie findest du es?«

»Hässliche Fassadenfarbe«, sagte ich und verzog das Gesicht.

Helmut nickte zustimmend. »Manche Häuser halten ihre Fenster weit offen, damit das Leben eindringen kann, während andere traurig wirken, weil niemand drin wohnt.«

»Ja«, sagte ich und sah ihn von der Seite an. »Und das da drüben ...« Ich zeigte auf ein Haus mit hohem Giebel. »... ist von Bäumen und Sträuchern überwuchert, wie ein Jugendlicher, der sich das Haar ins Gesicht kämmt, um seine Akne zu verbergen,« fügte ich hinzu und grinste Helmut an. Helmut nickte wieder, diesmal schmunzelte er ein wenig. Dann gingen wir schweigend weiter, bis Helmut erneut stehen blieb.

»Das ist es. Das ist mein Lieblingshaus.« Wir standen auf dem Gehweg dicht nebeneinander und blickten die efeubewachsene Fassade eines alten Hauses hinauf. Es erinnerte mich an alte Häuser aus amerikanischen Filmen. Auf der Vorderseite befanden sich schöne alte Sprossenfenster mit geöffneten Fensterläden, die vermutlich nie ausgewechselt worden waren. Über vier Stufen gelangte man zur Eingangstür, geschmückt mit dezenten Schnitzereien und einem hübschen Glasfenster im oberen Teil. Ich stellte mir vor, wie ein Dienstmädchen namens *Minna* herrschaftlichen Gästen die Tür öffnete.

Ich streckte mich und zeigte mit dem Finger nach oben. »Es ist … ich weiß nicht … so traurig … «, sagte ich und warf Helmut einen verstohlenen Blick zu, der leise lächelnd seine Augen über das Haus gleiten ließ. Es war später Nachmittag im Monat November, aber in keines der Fenster brannte Licht. »Hier wohnt niemand«, stellte ich fest.

Helmut seufzte. »Nein«, sagte er. »Hier wohnt niemand. Seit genau vier Jahren. Ich weiß nur, dass zuletzt eine sehr freundliche Dame hier gewohnt hat. Ich bin ihr manchmal im Park begegnet.«

»Und diese Dame … ist jetzt … tot?«, fragte ich.

»Ja«, sagte Helmut mit ergreifender Traurigkeit. Dann senkte er den Blick und wirkte seltsam abwesend. Aber nur ganz kurz. Dieser kurze Moment, wo er sich wieder in sein Schneckenhaus zurückgezogen hatte, wäre jemand anderem nicht aufgefallen.

Einige Wochen später rief er mich an und verabredete sich mit mir zum Mittagessen in der firmeneigenen Kantine. Wir saßen an einem Vierertisch und tranken Milchkaffee. Es war ein Montag. »Und?«, begann ich vorsichtig. »Wie war dein Wochenende?« Es war mir nicht entgangen, dass Helmut in letzter Zeit mir aus dem Weg ging. Während wir uns früher fast täglich in der Kantine getroffen hatten, huschte er nun mit einem kurzen Nicken an mir vorbei. Helmut schwieg, nippte kurz an seinem Kaffee und zuckte mit den Schultern.

»Helmut, was ist denn los? Du ignorierst mich schon eine ganze Weile!« Ich holte Luft, dann sagte ich: »Ich dachte, wir sind Freunde.«

Helmut schwieg.

»Weißt du, wenn du nicht reden willst«, sagte ich und griff nach meinem Schlüsselbund.

»Ich habe alle Kontakte abgebrochen«, sagte Helmut. »Ich gehe auch nicht mehr zu meiner Therapeutin und … Ich wollte dir nur sagen, dass ich mich mit dir nicht mehr treffen kann.«

»Okay«, sagte ich steif und spürte, wie ich rot wurde. Ich war verletzt. Ich sah ihn an und hörte mich sagen: »Ich weiß, dass du dich eines Tages wieder nach Menschen sehnen wirst, Helmut. Es ist nur eine Frage der Zeit.«

In den darauf folgenden zwei Jahren sahen Helmut und ich uns gelegentlich in der Kantine. Er saß alleine an einem Fenstertisch und sah nach draußen, während er aß.

Eines Tages, es war ein Freitagmorgen, klingelte das Telefon. Ich hörte jemanden atmen.

»Helmut? Bist du's?«

»Meine Mutter … sie … ist gestorben.« Helmuts Stimme klang brüchig. Brüchig und schwach.

»Wo bist du jetzt, Schatz?«, fragte ich ihn. Dieses »Schatz« war mir herausgerutscht. »Möchtest du, dass ich komme?«

»Nein.« Helmut atmete schwer.

»Es tut mir wahnsinnig leid …«

»Ja.«

»Wann ist die Beerdigung?

»Gestern … sie war gestern. Ich werde sie nie wieder sehen, Ayşe.«

»Ja«, sagte ich nur. Mir ging so viel durch den Kopf. Ich dachte an meine eigene Mutter, die in der Lage war, mich mit nur zwei Worten zu beruhigen und auf meine Fragen immer die richtigen Antworten fand.

»Ich melde mich«, sagte Helmut und legte auf.

»Okay«, flüsterte ich ins Leere und schaute auf die Uhr, so als ob er gleich kommen würde.

Am selben Abend …

Es klingelte. Ich ging zum Fenster und sah nach draußen. Helmut stand vor dem Hauseingang und blickte in meine

Richtung. Obwohl es dunkel war, konnte ich sehen, dass er geweint hatte.

»Warte, ich mach dir auf«, sagte ich und lief zur Tür.

Eine Weile stand Helmut nur da, völlig regungslos. Dann ließ er sich von mir in mein Schlafzimmer führen. Ganz langsam nahm ich ihm seinen Mantel und Schal ab, zog ihm Schuhe, Pullover und die Hose aus und legte ihn ins Bett. Ich deckte ihn vorsichtig zu, küsste ihn auf die Stirn und knipste das Licht aus.

OPAS CAFÉ

Wenn ich all die Spuren, die ich in München hinterlassen habe, sichtbar machen könnte, würden die Fußgängerzone und das Hauptbahnhofviertel hell aufleuchten. Es gibt Straßen, die ich hundertmal entlang gelaufen bin, Gebäude, die ich Dutzende Male betreten habe und Cafés, die mir mehr bedeutet haben als mein eigenes Wohnzimmer. Die meisten Cafés und somit ihre Besitzer kamen und gingen fragwürdigen Trends hinterherhinkend, sodass durchaus von einem Café-Sterben gesprochen werden kann. Gottlob haben einige Etablissements überlebt. Vielleicht deshalb, weil sie Charakter haben, wie zum Beispiel meine heiß geliebte »Ostfriesenstuben«.

Die Ostfriesenstube ist für glückliche Zeiten bestimmt. Ich habe mich dort nie mit einem Mann getroffen. Nicht einmal mit einer Freundin. Wenn ich dorthin gehe, genieße ich das Alleinsein. Es gibt genug Cafés, die sich wie ein Minenfeld quer durch München erstrecken. Cafés, die einst Orte romantischer Zweisamkeit waren und nach dem Ende einer mehr oder weniger großen Liebe für mindestens sechs Monate gemieden werden mussten. Nein, die Ostfriesenstuben gehört mir alleine.

Wenn man jung ist, ist die Stadt so etwas wie ein einziger Abenteuerspielplatz: Die neue Umgebung wird fern vom elterlichen Drill mit »Erinnerungsduftzeichen« versehen und der Wahnsinnskuss mit dem Wahnsinnstypen vor der

Berufsschule wird so Einzug in unser Lebensdrehbuch finden.

Als älterer Mensch stellt man überrascht und etwas wehmütig fest, dass das Straßenbild sich fortwährend verändert. Hier ist nicht vom Verlust der liebgewonnenen Telefonhäuschen die Rede (was haben sich dort für Dramen abgespielt!) oder, wenn ich schon bei dem Beispiel München bleiben darf, das Verschwinden der Dienstmänner und hier darf natürlich der berühmteste Münchner aller Zeiten, *Alois Hingerl*, nicht unerwähnt bleiben! Ich stelle mit Bedauern fest, dass sich allmählich sämtliche Kopfsteinpflaster aus dem Staub machen. Bestimmt haben das irgendwelche *Stadtratheinis* durchgesetzt, die überhaupt keinen Sinn für urbane Sinnlichkeit haben. Ich habe ein sehr inniges Verhältnis zu Kopfsteinpflastern, müssen Sie wissen. Sie sind rundlich und unverwüstlich, so wie ich, und ich liebe es, sie in einer regnerischen Nacht zu fotografieren, weil sie das Scheinwerferlicht vorbeifahrender Autos so herrlich reflektieren.

Alles verändert sich.

Wir wissen und akzeptieren das.

Es scheint uns nichts auszumachen und doch fürchten wir uns, unsere alten Plätze und Straßen aufzusuchen. Warum werfen wir nicht einmal einen Blick zurück in die Schule, die uns seinerzeit alles bedeutete? Die Ecke, wo wir heimlich geraucht haben und mit jugendlicher Arroganz vorbeitapsende Lehrer gekonnt ignorierten. Irgendwann kommt der Tag, an dem wir eine Straße überqueren und feststellen müssen, dass unser Lieblingscafé oder der Kiosk an der Brücke geschlossen wurde. Weg! Ausgelöscht! Wir fühlen uns verraten und betrogen. In dem Kiosk da drüben haben wir in Jogginghosen und Schlabber-Shirt Zigaretten und Milch geholt, während unser neuer Lover noch schlief. Und das Café? Na ja, das war doch der Ort für unsere wöchentlichen Treffs mit Opa! Wir drücken unser Gesicht an die Ladenscheibe und sehen im Geiste die Kuchentheke und Opa, der nach *Kaffee-Hag* verlangt und sich glücklich lächelnd die Hände reibt, weil er gleich seinen Himbeerkuchen verputzen wird. Dann senken wir den Blick, sehen Zigarettenkippen und Flaschenscherben herum liegen; Zeichen einer durchzechten Nacht im ehemaligen Opa-Café, das Platz für einen Klub machen musste. Platz, den nun junge Leute brauchen. Sie können ja nicht ahnen, was dieser Ort für uns bedeutet. Für Opa und mich. Warum auch? In zwanzig Jahren werden sie vielleicht am gleichen Ort stehen und das Gesicht an die Scheibe drücken und sich an ihre Jugend zurückerinnern, mit Wehmut vielleicht oder einem Grinsen im Gesicht. Sie werden nach unten blicken und keine Zigarettenkippen mehr vorfinden …

Der Münchner Hauptbahnhof wird bald Geschichte sein. Der marode, grüngraue, hässliche Bau, der für eine Stadt wie München nicht mehr repräsentativ ist. Niemals war. Den alten, schönen hat der Krieg weggefegt. Der neue Bau wird den Anforderungen unserer Zeit entsprechen. Wir werden froh sein, dass alles so schön in neuem Glanz erstrahlt. Der neue Bahnhof wird übersichtlich sein und modern. Es wird nichts zu beanstanden geben und die vielen neuen Geschäfte werden Käufer anlocken.

Und doch werden wir wehmütig werden.

Wehmütig, weil Erinnerungen zerstört wurden.

Und weil wir wissen, dass unser Herz beizeiten sich ausruhen will.

Es will weder das Praktische noch den Glanz des Neuen.

Es will das Vertraute.

Das ist dann der Moment, wo wir nachdenklich und melancholisch werden und diesen Zustand auch ein wenig genießen. Es ist die Erkenntnis, dass wir Veränderungen als ein Zeichen von Lebendigkeit anerkennen müssen. Es ist der Moment, wo wir vielleicht verstehen werden, dass die

Erinnerung an Orte im ewigen Kreislauf der Zeit nur geliehen ist und wir so zwangsläufig lernen müssen, los zu lassen.

VERLIEBT IN EINE STIMME

Schon im Mutterleib verlieben wir uns in die Stimmen unserer Eltern. Und wenn wir als Teenager am Telefon mit unserer Mutter verwechselt werden, wissen wir, dass wir nun endlich erwachsen geworden sind. Es gibt Stimmen, die uns niemals nerven können und andere, die wir sofort abstoßend finden. Es ist uns jedoch unklar, welche Merkmale wir mit einer attraktiven Stimme verbinden. Wenn wir zum Beispiel einen Menschen nach tagelangen Dauertelefonaten endlich persönlich treffen, sind wir bisweilen enttäuscht. Die Stimme, die uns tagelang mitreißen, beruhigen oder erregen konnte, durfte nicht in so einem unbedeutenden Körper stecken! Doch in seltenen Augenblicken treffen wir auf jemanden, bei dem alles passt: das Aussehen *und* die Stimme.

Als ich Christian Brückner zum ersten Mal hörte (als Rezitator des Hörbuches »Die Asche meiner Mutter«, bekannt auch als die Synchronstimme von Robert Redford und Robert De Niro), war ich ihm für alle Zeiten verfallen. Diese brüchige Stimme, die Kraft und Zartheit vereinigt, so unvollkommen scheint und dennoch perfekt ist, hatte mich regelrecht umgehauen. Und da ich fast alle Filme von den beiden *Roberts* gesehen habe, kenne ich Christian Brückner demnach schon seit knapp dreißig Jahren. Es ist mir unmöglich umzuschalten, wenn er sich schnurstracks in mein Herz gemogelt hatte, ganz gleich, ob er über die Inkas oder die größten Flüsse der Erde berichtete. Ich lausche und genieße …

Mein Ex-Freund, ich nenne ihn hier Paul war schwerhörig. Wenn er nachts vor dem Einschlafen sein Hörgerät abnahm, verschwand er in eine andere Welt. Das war der Moment, wo er für sich sein wollte. Ich durfte ihn nicht mehr anfassen und schon gar nicht streicheln. »Es irritiert mich, wenn du es tust«, sagte er. »Das ist unangenehm ... ich spüre was, kann es aber nicht mit einem Geräusch in Einklang bringen ... Bitte sei mir deswegen nicht böse!« Ich war ihm nicht böse. Ich war irritiert und ein wenig traurig, aber nicht böse.

Paul liebte die Musik. Er verbrachte Tage und Nächte damit, für mich schöne CDs zusammenzustellen. Und als ich ihn eines Tages fragte, ob ihm die Musik deshalb so wichtig war, weil er glaubte, dass er eines Tages gar nichts mehr hören könne, war er schwer getroffen. Er sprach nicht gerne darüber, aber wenn wir gemeinsam fernsahen, in einer für die Nachbarschaft vertretbaren Lautstärke, merkte ich, dass er unruhig wurde, weil er, wie ich später erfuhr, praktisch nichts von den Dialogen mitbekam. Das, was er hörte, war meist nur ein Brei, ein Rauschen.

Man weiß, dass Babys mit dem Stimmklang übermittelte Emotionen erkennen können. Auf traurige Lautäußerungen reagieren sie besonders stark. Und wenn wir ein Problem haben, brauchen wir nur unsere Mutter anzurufen und wir fühlen uns auf wundersame Weise beruhigt.

Es ist die Stimme!

Was vermag unsere Stimme erst mit dem anderen Geschlecht anzustellen? Frauen scheinen mit ihrer Stimme während ihres Eisprungs besonders attraktiv zu klingen. Vielleicht sollten Frauen mit diesem Wissen bewaffnet ihre Blind Dates auf den Zeitpunkt ihres Eisprungs terminieren? Ein Scherz!

Ich jedenfalls habe gerade eben zum ersten Mal Christian Brückner gegoogelt, obwohl unsere kleine Liebesgeschichte nun schon so lange andauert, wollte ich nie sein Gesicht sehen. Ich Feigling! Und ich muss sagen: Wow! Was für ein

schöner Mann! Ach, und er ist achtundfünfzig. Überleg-
überleg. Hm, vielleicht ist er ja Single? Nein, ist er nicht? Na
ja, man wird ja wohl träumen dürfen …

ZUM GLÜCK GEFEUERT!

»Hören Sie, Sie dürfen das nicht persönlich nehmen!«, die Personalchefin spricht betont langsam, versucht sich ein Lächeln abzuringen. »Wir strukturieren um. Das verstehen Sie doch?« Die Enddreißigerin blickt über den Kopf des Mitarbeiters hinweg auf die trendige Uhr, die sie neulich von ihrem Chef bekommen hatte. »Herr Kanten, hören Sie mir überhaupt zu?«

Richard Kanten sieht sie verständnislos an. »Ich höre Ihnen zu«, sagt er betont langsam, ohne den Blick von ihr abzuwenden. Er wusste, warum man ihn loswerden wollte. Ihn und die anderen. Seit Monaten ging eine diffuse Angst in der Firma um. Prüfungen standen bevor. Manch einer aus der Chefetage sei in die Arabischen Emirate geflüchtet, munkelte man.

Die Personalchefin lächelt, während sie die Personalakte zuklappt. »Leider haben Sie unsere Anforderungen …«

»Sparen Sie sich Ihre Erklärungen«, sagt Richard. Er lehnt sich in seinen Stuhl zurück und faltet die Hände ineinander. »Eines Tages wird diese Firma in aller Munde sein.« Er schielt zur Überwachungskamera an der Decke. »Ich muss mich doch sehr wundern, dass Sie dieses Gespräch mit mir alleine führen!«

Das Lächeln der Personalchefin schwindet. »Wie bitte?« Sie hat diesen Posten nicht ohne Grund, denkt Richard. Sie ist zäh wie Leder, kalt und unberechenbar und mit einer steifen Freundlichkeit, dass es Richard fröstelt.

»Lassen wir das«, sagt Richard und betrachtet die Frau, die ihm gegenüber sitzt und allem Anschein nach selbst nicht weiß, ob sie dieser Firma entfliehen oder bis zum Schluss durchhalten sollte. »Ich habe den Aufhebungsvertrag bereits unterschrieben, meinen PC herunter gefahren und mich von meinen Kollegen verabschiedet. Haben Sie noch etwas zu sagen?«

»Ihr Vorgesetzter, weiß …«

Richard lächelt. Es ist kein überlegenes Lächeln. Nur ein Lächeln eines Mannes, der wusste, wann etwas vorbei war. »Hier«, sagt er, steht auf und legt den Vertrag und seinen Betriebsausweis ordentlich auf den Tisch. Dann verlässt er grußlos das Personalbüro.

Richard Kanten hatte in den letzten zehn Jahren jede Veränderung stillschweigend über sich ergehen lassen, war vom Programmierer zum Abteilungsleiter aufgestiegen und erledigte seine Arbeit mit Sorgfalt und stiller Hingabe. Er war beliebt und fair. Während andere Abteilungsleiter mit Verlogenheit und Arglist ihre Mitarbeiter nach und nach ans Messer lieferten, setzte sich Richard bis zum Schluss für seine Leute ein. Bis er sich schließlich selbst auf der schwarzen Liste befand.

Etwas später zur Mittagszeit.

Die Straßenbahn ist fast leer. Um diese Zeit war Richard noch nie nach Hause gefahren. Doch einmal, als seine Mutter gestorben war. Nun lebte er alleine. In der elterlichen Wohnung. Keine Ehen, keine Kinder. Richard ist dreiundfünfzig Jahre alt. In zehn Jahren wäre er in den Ruhestand gegangen. Dann hätte er wie jedes Jahr seinen Urlaub in der Schweiz bei seinen Freunden verbracht und sich einen Hund angeschafft.

Am selben Abend.

Wie immer rasiert sich Richard vor dem Schlafengehen, putzt sich die Zähne und nimmt ein heißes Bad. Dann cremt er sich den ganzen Körper ein. Auch die Füße. Lilly, eine Sex-

Arbeiterin, die Richard gelegentlich aufsuchte, hatte es ihm beigebracht. Frauen lieben weiche Füße und Hände hatte sie gesagt und ihn auf den Mund geküsst und gleich hinterhergeschickt, dass sie das nie wieder tun würde. Richard lachte und gab ihr einen Klaps auf den Po. Er wusste, dass er für Lilly mehr war als nur ein Kunde.

Richard trägt ein Pyjama. Er kann diese engen Zweiteiler nicht leiden, die einen erwachsenen Mann wie einen kleinen Jungen aussehen lassen. Diesmal trägt er das Pyjama seines verstorbenen Vaters. Es hat hellblaue Streifen. Der Stoff ist mittlerweile so dünn, dass er erste Risse zeigt. Richard stellt den Wecker auf sechs Uhr, knipst das Licht aus und legt sich ins Bett.

Er sieht das Gesicht seines Chefs vor sich in seiner ganzen Bösartigkeit und erinnert sich daran, was er einmal über das Böse gehört hatte. Es war im Religionsunterricht. Die Worte des Religionslehrers über den Teufel und das Fegefeuer hatten ihn furchtbar geängstigt. Was war das für ein Gott, der kleinen Kindern angst machte? Glaubten die Diener Gottes, dass man sich dadurch dem Guten zuwenden würde?

Auf dem Regalbrett über seinem Kopf stehen ein leeres Glas und das Valium, das ihm seine Ärztin verschrieben hatte. »Nehmen Sie es nur, wenn es sein muss«, hatte sie gesagt. Richard greift nach dem Glas und geht ins Bad, um sich Wasser zu holen. Beim Hineingehen fällt sein Blick in den Spiegel. Er stutzt. »Brauchen Sie das noch Herr Kanten?«, flüstert Richard sich selbst zu und beugt seinen Kopf so weit vor, dass er mit der Nasenspitze den Spiegel berührt. »Nein!«, sagt er mit hochgezogenen Augenbrauen und kippt die Tabletten ins Klo. Er wäscht sich die Hände und blickt wieder in den Spiegel. Diesmal sieht er einen völlig entspannten Mann. »Alter, du bist frei«, sagt er und zwinkert seinem Spiegelbild zu. Erst leise, dann immer lauter werdend, ruft er sich zu: »Du bist frei!« Dann beginnt er zu springen. Er rennt durch die ganze Wohnung, wirft sich aufs

Bett, öffnet das Küchenfenster und schreit seine Botschaft hinaus in die Welt. »Ist mir doch egal!«, ruft ihm jemand von unten zu.

Richard schlüpft in seine Jeans und in das verschwitzte Hemd, das er den ganzen Tag getragen hatte (noch nie hatte er ein Hemd zwei Mal getragen!), steckt sich sein Portemonnaie in die Gesäßtasche seiner Jeans und springt hinaus in die Nacht.

Er greift nach seinem Fahrrad und tritt in die Pedale. Es ist eine schöne Nacht. Er sieht Menschen, die aus den Kinos kommen. Sie lachen. Richard schließt für einen Moment die Augen, öffnet sie wieder. Und plötzlich ist ihm so, als würde er München zum ersten Mal sehen.

Einige Jahre später.

Die Firma, die ihn entlassen hatte, ist in aller Munde. Weltweit. Die Nachrichten überschlagen sich. Es ist von Bilanzskandal die Rede. Der flüchtige Vorstand befinde sich auf einem Anwesen des russischen Militärgeheimdienstes, munkelt man.

BRAUCHEN WIR UNS NICHT MEHR?

Wenn ich mich so umsehe, trifft sich jung und alt nur noch bei Familienfeiern. Sonst bleiben Jugendliche unter sich, die Alten aber auch. Woher kommt das? Die einen sagen: Kulturelle Ideale und institutionelle Arrangements haben dazu beigetragen, die Beziehungen zwischen den Generationen zu behindern. Die anderen sagen ganz lapidar: Die ältere Generation muss akzeptieren, dass junge Menschen eigene Lebensentwürfe haben. Außerdem seien die Familien über viele Bundesländer verteilt und könnten sich nur selten sehen. Punkt.

Ich weiß nicht, all diese Behauptungen wirken auf mich konstruiert. Es ist doch so, dass selbst Menschen, die keine eigenen Kinder haben, irgendwann den Wunsch nach Enkelkindern verspüren können. Unsere Herzen sind nicht programmierbar. Wir fühlen das, was wir fühlen. Ohne Logik und wissenschaftliche Supertheorien. Wenn ich an meine Großmutter denke, die ich nur ein Mal im Jahr in der Türkei sehen durfte, habe ich sie doch elf Monate lang vermisst. Ich habe ihr jedes Jahr ein Geschenk aus Deutschland mitgebracht, zuletzt ein Transistorradio in Grau, das sie stolz ihren Freundinnen zeigte. Das war in den 1970-Ern. Persönliche Kontakte werden wohl eher gepflegt, wenn Eltern und Großeltern sich gut verstehen. Wenn man bedenkt, dass Menschen immer älter werden, kann man sich ausdenken, welche Rolle generationsübergreifende

Beziehungen in Zukunft spielen könnten. Ältere Menschen und das müssen nicht die eigenen Großeltern sein, können jungen Leuten dabei helfen, mit dem Jungsein fertig zu werden. Und die Alten würden sich weniger isoliert fühlen.

Oft leben die Großeltern in der gleichen Stadt und doch erhalten sie selten Besuch von der Familie. Liegt etwas Grundsätzliches dahinter, schließlich bekommen wir ja alle kaum Besuch. Neulich hat mich meine junge Nachbarin gefragt, warum ich die Pizza direkt im Restaurant bestelle, also per Telefon und nicht online über L.? Na, weil L. einen Batzen in die eigene Tasche steckt und ihre Mitarbeiter ausbeutet, habe ich gesagt. Meine Nachbarin hat nur den Kopf geschüttelt und gesagt, dass das ihr zu anstrengend wäre, im Restaurant anzurufen und mit jemandem sprechen zu müssen.

Sind wir wirklich so weit gekommen, dass uns menschliche Kontakte lästig geworden sind?

Ich hatte mal eine Kollegin, Jutta, Juristin, die es besonders gut verstand, Menschen aufzubauen. Jahre vor Free-Hug-Aktionen und Kuschelpartys pflegte sie, wenn sie das Gefühl hatte, jemand habe grade ein seelisches Tief (ungeachtet dessen, dass man sie dafür für verrückt halten könnte), diese Person einfach in den Arm zu nehmen. Natürlich hat sie vorher gefragt. Mich musste sie nicht fragen. Ich erinnere mich noch genau an ihr schönes Lächeln, wenn sie im Korridor auf mich zukam, mit ausgestreckten Armen und mich herzhaft knuddelte. Den ganzen Tag hindurch fühlte ich mich glücklich.

Kinderwunsch ade?

Mein Sohn ist mittlerweile neunundzwanzig, finanziell unabhängig und lebt in einer erfüllenden Beziehung. Und doch ist es für ihn und seine Freundin nicht selbstverständlich, eine eigene Familie zu gründen. Die Gründe dagegen sind vielfältig. Der Wunsch nach Freiheit und Individualität spielen vielleicht eine Rolle, aber vor allem die Angst vor der Zukunft: Sie wollen keine Kinder in die Welt setzen, während die Welt stirbt …

Brauchen wir uns gegenseitig nicht mehr?

Neulich war ich in einem Altenheim und fand eine Gruppe kartenspielender Frauen vor. Als ich nach einem Prospekt fragte, ließ man mich links liegen. Es sei eine geschlossene Gruppe – sagte eine der Frauen streng und verwies mich auf die regulären Besuchszeiten. Eine andere nahm mich zur Seite und ging mit mir zum Empfang. »Hier, das Prospekt«, sagte sie. »Es tut mir leid, dass die Frauen so gleichgültig wirken, doch wir sind es nicht gewohnt, dass Fremde sich für uns interessieren.«

Was ist geschehen?

Als junges Mädchen habe ich von der großen Liebe geträumt. Jetzt träume ich von Enkelkindern. Eine Enkelin vielleicht, die mich aufsuchen würde, weil irgendein Volltrottel ihr das Herz gebrochen hat. Ich würde sie in die Arme schließen, ihre Tränen trocknen und sie ins Bett bringen. Sie zudecken und ihr sagen, dass ihre Gefühle immer richtig sind, da es in der Liebe kein richtig oder falsch gibt, sondern nur echt oder unecht. Sie würde am nächsten Tag aufwachen und ihr Herz wäre schwerer als meins. Sie würde sich in mein Sofa kauern, mit einer Wolldecke über den Knien und ich würde mit ihr schweigen, reden und vielleicht auch weinen, bis sie wieder sie selbst sein würde. Ich wäre dabei, wenn ihr Herz wieder ihr gehörte. Sie würde dann irgendwann wieder von mir gehen, mich zum Abschied küssen und sagen, dass sie nie wieder so einem Mistkerl auf den Leim gehen würde. Ich würde nicken und ihr sagen, dass sie eine sehr kluge Frau sei und ihr versprechen, dass ich immer für sie da wäre.

SILVESTERBLUES

Es gibt da diesen Film »Und täglich grüßt das Murmeltier«, wo ein zynischer Reporter in einer Zeitschleife feststeckt und ein und denselben Tag immer wieder neu erleben muss. Ein Fluch, der ihn dazu zwingt, sein Leben neu zu gestalten. Er lernt zuzuhören und genauer hinzusehen. Er sucht und findet das vollkommen Schöne. Auch in der Liebe. Bis er als geläuterter und wahrhaft liebender Mensch sein Leben fortführen kann und sich damit der Fluch auflöst.

Haben auch Sie das Gefühl, manchmal in einer Zeitschleife festzustecken? Besonders an Silvester?

Als Kind sahen wir uns mit Oma und Opa den Mehrteiler »Sissy, die junge Kaiserin« oder »Ist das Leben nicht schön!« im Fernsehen an. Und jetzt?

Während die Jungen feiern gehen, können die Alten (also auch ich) den ganzen Tag vor der Kiste sitzen, sich mit Köstlichkeiten vollstopfen, um Mitternacht das Treiben aus dem Fenster beobachten, die Glückwunschanrufe der Freunde über das Analogtelefon entgegennehmen und erleichtert, dem Silvester-Wahnsinn entkommen zu sein, sich ins Bett gleiten lassen. Die in meinem Alter schauen sich vielleicht noch »Disco« von Ilja Richter oder den MTV-unplugged-Gig von Nirvana an, bis der Sleeptimer auch sie in den wohlverdienten Neujahrsschlaf befördert …

Neulich fragte mich ein zehnjähriger Junge, was »TV« bedeute. Klar, die Kids sehen schon lange nicht mehr fern. Wissen und Zerstreuung ausschließlich über das Internet zu bekommen, erscheint mir fragwürdig, aber ich will jetzt keine Debatte zum Phänomen »Postfaktisches Denken« anstoßen. Die Diskussion über Neue Medien ist nicht neu und wie immer wird man das Neue, das Moderne annehmen müssen.

Die Frage war ja, ob Silvester uns zusetzt? Ob wir uns mies fühlen, weil …?

Ja, warum eigentlich?

Sind es unsere übermäßigen Erwartungen an das, was letztes Jahr hätte (noch) erreicht werden sollen, oder ist es der Druck, der auf uns haftet, an Silvester an einer supergeilen Party teilnehmen zu müssen?

Messen wir unsere Beliebtheit daran, wie viel Einladungen wir zu Silvester erhalten? Vielleicht sind es einfach irrationale Gedanken zum Thema Vergänglichkeit und Monotonie, was Silvesterhasser verdrießlich werden lässt.

Aber was ist Monotonie und ist Monotonie zwangsläufig etwas Negatives?

Das mathematische Monotonieverhalten kann ich Ihnen nicht erklären, aber ich glaube, dass man sich vor Monotonie nicht zu fürchten braucht. Selbst wenn wir meinen, dass wir schrecklich monoton leben, wird uns früher oder später das Leben überraschen. Ob wir wollen oder nicht.

Wenn wir uns in der Natur befinden und überwältigt davon sind, was sie in uns auszulösen vermag, werden wir vielleicht erkennen können, dass Liebe alles zusammenhält und wir uns vor der Vergänglichkeit nicht zu fürchten brauchen. Wie oft trauern wir Vergangenem hinterher anstatt zu sagen, dass genau diese Zeiten uns zu dem gemacht haben, wer wir heute sind. Wir haben über das Leben keine Gewalt. Aber wir haben die Wahl: Ein Leben mit Blick auf die Sanduhr oder ein Eintauchen in unsere eigene Ewigkeit, die davon bestimmt ist, den Moment zu genießen und unser Dasein hier und jetzt zu bejahen und sie mit Hoffnung zu füllen. Vielleicht hören wir dann auf, wie Besessene unser

Leben mit vermeintlich wichtigen Inhalten zu füllen und besinnen uns auf das, was uns wirklich glücklich macht.

DIE LIEBLINGSJACKE

Jeder hat sie. Diese besondere Jacke. Eine Jacke, die wir lieben und die wir trotz wechselnder Moderichtungen nicht hergeben wollen. Sie ist nicht nur ein Kleidungsstück, sondern ein Symbol unserer Freiheit. Mit ihr fühlen wir uns an die Zeit erinnert, als das Leben in seiner ganzen Blüte vor uns lag. Ein Leben, frei von Existenzängsten und von Krisen des Älterwerdens.

Eine mit Strass besetzte Jeansjacke aus den 1980-ern, war viele Jahre mein Schutzmantel gegen die böse Welt, wärmende Gefährtin an kalten Nächten oder einfach nur eine Vertraute gewesen, die mich an das erinnerte, wer ich eigentlich war: eine unabhängige Frau.

Vor einiger Zeit war ich mit Steffi verabredet, einer ehemaligen Kollegin, die mit ihrem Mann nach Niederbayern gezogen war. Es war eine kurze Bahnfahrt nach Mühldorf und doch entspannte ich mich auf wundersame Weise bereits beim Eintreten in den Zug. Ich nahm in einem leeren Abteil Platz und fühlte mich wie ein Cowboy, der seine müden Glieder behaglich in einem Viehwaggon ausstreckte und sich mit seinem Halstuch die nasse Stirn abwischte. Mein Liebeskummer, der nun seit sieben Wochen andauerte und sonst wie Blei auf meiner Brust lastete, war mit einem Mal verschwunden. Bei dem Gedanken an ihn kam nicht wie sonst die schmerzhafte Erinnerung an unser kleines Liebesabenteuer als Bonny und Clyde, wie wir uns scherzhaft nannten, hoch, sondern nur der flüchtige Gedanke an einen

Mann, der mir das Herz gebrochen hatte. Berauscht von dem Gefühl wieder ich selbst zu sein, widerstand ich dem Impuls, mir ein Ticket nach Budapest zu buchen oder einfach weiter zu fahren, nach Passau vielleicht oder nach Salzburg. Oder an einen völlig anderen Ort, an dem ich noch nie gewesen war.

Ich reise für mein Leben gerne alleine. Ich entscheide, wohin, wie lange und mit wem. Mit nur einem Ticket (Interrail) durch vierunddreißig Länder reisen zu können, ständig neuen Menschen zu begegnen und sich mit niemandem absprechen oder gar streiten zu müssen ist wunderbar. Sie sind unterwegs – von Madrid nach Lissabon zum Beispiel – genießen die wechselnden Landschaften mit ihrer Lieblingsmusik im Ohr und irgendwann sind Sie derart im Flow, dass sie nicht einmal mehr Ihre eigenen Gedanken wahrnehmen werden. Genau da passiert das eigentliche Wunder: Sie erkennen, dass Sie (zum Beispiel) viel lieber Bücher schreiben würden, als in dieser Schlangengrube weiter zu arbeiten. Wenn Sie dann wieder zu Hause sind und den Staub von Ihren Turnschuhen ausklopfen und die Muscheln auspacken, die sie zusammen mit dem netten alten Mann am Coumeenoole Beach gesammelt haben, überkommt Sie der Wunsch, sofort Ihre Sachen zu packen und wieder loszuziehen.

Natürlich tun Sie es nicht.

Sie haben ja Verpflichtungen.

Je kürzer die Abstände zwischen Fortsein und Ankommen werden, desto eher beginnen Sie zu begreifen, dass sie fast nichts brauchen. All die Dinge, die Sie um sich herum aufgetürmt haben, fangen an, Sie zu erdrücken. Sie lesen Bücher über Aussteiger oder treffen sich mit Gleichgesinnten.

Das Fernweh hat Sie gepackt!

Auf eine gute Art.

Doch dann, eines Tages verlieben Sie sich wieder neu und das Weggehen rückt in die Ferne. In die Ferne, wo Ihre Träume geduldig darauf warten, gelebt zu werden.

Ich glaube, das wirklich Wichtige verschwindet nicht. Ihr Unterbewusstsein wird im Laufe Ihres Lebens Ihre Träume immer und immer wieder nach oben schleudern.

Wer weiß? Vielleicht schlüpfen Sie mit sechzig noch mal in Ihre Lieblingsjacke, packen ihren Trolley, werfen einen letzten Blick in den Spiegel und gehen mit festen Schritten zur Tür. Sie drehen sich nochmal um, lächeln zufrieden in sich hinein, knipsen das Licht aus und machen sich wieder auf den Weg.

NACH MIR DIE SINTFLUT

Ich frage meinen stark tätowierten Sohn, was seine Kinder einmal tun müssten, um ihn zu schockieren? Ganzkörpertattoos werden bei Oma und Opa eines Tages nur noch ein Achselzucken hervorrufen; also was wird der Schocker der nächsten Generation sein?

»Ich werd mit allem klar kommen«, sagt mein Sohn. Ich widerspreche ihm nicht. Ich glaube, dass die Kids von morgen einen Weg finden werden, ihre Eltern mit etwas nie Dagewesenem zu brüskieren. Vielleicht wird mein Sohn entsetzt darüber sein, dass sein Sohn sich einen Digital Twin anlegt oder sich unsterblich in seine digitale Assistentin verliebt oder (Gott bewahre!) sich einen Finger amputieren lässt.

Was wird uns die Zukunft bringen? Werden wir synthetisch hergestelltes Gemüse essen? Mit unserem Gehirnchip auf Datenbanken zugreifen und uns Gedanken per Bluetooth schicken können? Werden wir das? Werden wir das alles mitmachen? Wenn ich mich so umsehe, lässt sich aber auch erkennen, dass es einen Trend zur Nostalgie gibt. Da werden Auto-Kassetten-Rekorder vom Opa in den Ford Taunus eingebaut und Vinyl – früher schlicht Schallplatten genannt, auf die Weihnachtswunschliste gesetzt. Nostalgie hin oder her, nicht alle jungen Leute folgen dem Ruf des Kommerziellen. Als Gegenentwurf entschlüsseln sie sinnentleerte Wohlstandsideale und setzen sich für Tiere und die Umwelt ein. Denn sie wissen, dass wir keine Zeit mehr verlieren dürfen! Vermutlich werden Menschen darauf programmiert, ihre eigenen Vorteile zu sichern. Sie lernen nicht aus Fakten, sondern vom persönlichen Leid. Ich gehöre der Generation an, die die Nach-mir-die-Sintflut-Mentalität pflegt. Doch unsere Kinder rütteln uns wach. Sie sagen laut und deutlich: Wie könnt Ihr erwarten, dass wir Kinder in diese Welt setzen? Das Entsetzen über unsere Ignoranz und Passivität steht ihnen ins Gesicht geschrieben. Sie haben recht. Natürlich haben sie recht! Wir können uns nicht weiter heraus reden. Wir können nicht so tun, als ginge es uns nichts an. Wir, die Nachkriegskinder, die das Leben in vollen Zügen genossen haben, tragen Verantwortung für unsere Kinder und Kindeskinder. Flut, Feuer, extremes Wetter, Giftstoffe im Wasser und in der Luft sind objektive Realitäten, die der Durchschnittsmensch sehen, berühren, riechen und verstehen kann. Unsere Kinder nehmen diese Realität wahr und tun was dagegen. Während wir uns lustig darüber machen, dass sie vegan leben und es als eine Phase abtun, leiden sie. Sie leiden an Hoffnungslosigkeit. Sie fühlen sich unsicher, frustriert und wütend. Sie leiden vor allem an unserer vorgetäuschten Ahnungslosigkeit. Und wenn wir wieder einmal mit einer Finanzspritze für ein eigenes Auto vor ihrer Nase wedeln, weil das die Erfüllung unserer Träume in den 1980-ern war, können unsere Kinder nur den Kopf schütteln und hoffen, dass wir endlich erwachsen werden.

MISS BACKS WUNDERSAMEN KRÄFTE

Nachdem auch das letzte Bild an der Wand hängt, der Keller zum dritten Mal ausgemistet wurde und man sich endlich an die neuen Geräusche der Nachbarn und des Straßenverkehrs gewöhnt hat, stellt sich allmählich der Wunsch ein, auch innerlich anzukommen. Wenn dann der Apotheker an der Ecke Sie lächelnd begrüßt und der Postbote Ihnen beim Austreten ins Freie ihre Briefe in die Hand drückt, wissen Sie, dass Sie diesem Ziel schon sehr nahegekommen sind.

Nun hat ein Italiener aus Bologna eines dieser *Social-Streets* gegründet. In einem Land, wo Menschen seit je her mit allen erdenklichen Problemen zu kämpfen haben, aber niemals mit der Kommunikation. Allmählich schleicht sich auch dort das ein, was wir soziale Kälte nennen. Die Zeiten, als selbst der introvertierteste Geselle sich am Marktplatz unter die Menschen mischen konnte, scheinen endgültig vorbei zu sein. Menschen aller Couleur hasten nun von Punkt A nach B und von B nach A um schließlich am Feierabend mit dem Teller auf dem Schoß die Lieblingsserie zu verschlingen. Die Kinder indes verbringen die Abende vor ihren Spielkonsolen oder schlafen mit dem Handy in der Hand ein. Und um ja nichts zu verpassen, wird nebenher soziale Pflege bei *Instagram* und Co. betrieben. Thumbs up für die tägliche Dosis Dopamin! Gut, was hat nun so eine Social-Street auf sich? Stehen da die Leute auf der Straße herum und quatschen mit Fremden? Ganz genau! Nach dem Beschnüffeln über *Facebook* gibt man sich das Versprechen, die Tastatur gegen einen Händedruck auszutauschen. Folglich trifft sich eine immer größer werdende Gemeinde im wirklichen Leben, quatscht, spielt Schach oder Boccia und tut das, was Nachbarn eigentlich schon immer getan haben …

Als ich nach Berg am Laim zog, fand ich einen Menschen, der massiv dazu beigetragen hat, mich in meiner *Strada* wohl zu fühlen. Das war *Carlos* aus der Döner-Bude. Nun kann ich nicht umhin, Ihnen von meiner neuesten Entdeckung *Gönül* oder *Miss Back*, wie sie liebevoll genannt wird, zu erzählen.

Gönül und ihr Lebensgefährte *Turan* übernahmen vor einem Jahr den Backshop an der Ecke. Eines Abends, es war Anfang Dezember, ging ich nach der Arbeit spazieren, weil es den ganzen Tag geschneit hatte. Dicke Flocken fielen vom Himmel herab und verwandelten die Straßen in ein *Winter Wonderland*. Im angrenzenden Park ließen die Leute ihre Kleinen den Minihügel herunter rutschen und plauderten bei Glühwein und Plätzchen über die guten alten Zeiten, wo es jedes Jahr so viel Schnee gab.

Als ich an der Bäckerei vorbei ging, sah ich zwei Frauen, die gerade die Auslage mit Weihnachtsschmuck dekorierten. Ich hatte meinen Kopf tief in meinen Schal gesteckt und nur kurz rüber geblickt: Eine der Frauen hielt inne und schenkte mir ein strahlendes Lächeln. Das war Gönül!

Seitdem hat sich alles in meinem Viertel verändert. Menschen, die sich bestenfalls mit einem stummen Nicken begrüßten, sitzen nun schwatzend vor der Backstube auf eines der super-bequemen Korbstühle und genießen ihr Feierabend-Eis. So oft es geht, gesellt sich die Ladenbesitzerin dazu und verwickelt die Anwesenden in amüsante Plaudereien. Gönül und Turan stecken der Frau, die seit einiger Zeit ohne Elektrizität lebt, oder dem jungen Mann, der aus dem Knast entlassen wurde, ein Stück Kuchen oder ein paar Semmeln gratis in die Tasche. Die Leute mögen Turan, doch der eigentliche Star ist Gönül! Sie kennt jeden mit Namen, weiß um die Sorgen und Nöte ihrer Kunden und kann so herrlich pragmatisch sein: So wurde kurzerhand ein Lieferservice für die Oldies eingerichtet. Das tägliche Telefonat mit Gönül ist für manche Senioren der einzige Kontakt nach draußen. Es kommt auch schon mal vor, dass ich dem lieben Herrn Huber seine Brezeln fürs Abendbrot frei Haus liefere. Warum auch nicht? Liegt ja auf meinem Heimweg! Morgens steht mein Espresso pünktlich auf dem Tresen und ich tanke ein wenig Wärme und Mut bevor ich mich neben Brigitte setze, die mir in letzter Zeit das Leben im Büro so schwer macht. »Lass dich von der Ziege nicht unterkriegen!«, sagt Gönül und ich spüre, dass sie mich versteht. Diskret und ohne Aufheben schreibt Gönül an, weil Frau Müller vom vierten Stock ihre Geldbörse vergessen hat und zwinkert dem arbeitslosen Dachdecker zu, der soeben einen Job vom Rentner Karli von nebenan erhalten hat. Dreimal dürfen Sie raten, wer die beiden zusammen gebracht hat. Als ich nach der Arbeit mein Kartoffelbrot kaufe, holt die alleinerziehende Arzthelferin ihren Sohn bei Gönül ab, weil sie es wieder nicht pünktlich nach Hause geschafft hat. »Danke«, sagt die junge Mutter. »Ich weiß gar nicht, wie wir bisher ohne Sie auskommen konnten.«

Seit Gönül da ist, hat sich mein Türkisch erheblich gebessert. Und ich habe mich ein ganz klein wenig in einen der Gäste verknallt, den sich, wie ich hörte, die alleinerziehende Arzthelferin geschnappt hat. So was hätte Gönül nie ausgeplaudert!

Nun gibt es keine Gönül mehr ...

Manchmal sehe ich die alleinerziehende Arzthelferin von der Arbeit nach Hause kommen oder den Herrn Huber, der sich nun seine Brezeln wieder selbst holen muss. Anfangs grüßten wir uns. Lächelten uns an. Doch nun huschen wir aneinander vorbei aus. Wechseln sogar die Straßenseite. Verstecken uns hinter dem Rücken der Anonymität. Einen Tag vor Silvester treffe ich die Arzthelferin bei REWE in der Einkaufsschlange. Tja, man müsste nur mal mit dem Reden anfangen. Zum Beispiel jetzt.

BEAUTY DILEMMA

Männer werden mit zunehmendem Alter interessanter, während Frauen altern, heißt es! Woher kommt diese Annahme? Stammt sie aus der Zeit, als das alte Hollywood jungen Schauspielern mit Farbspray graue Haare verpasste und so das Bild vom echten Altern verzerrt wurde? Während ein grau-melierter Rock Hudson, mit Whiskeyglas an einen Kamin gelehnt immer noch eine *bella figura* machte, wurde die alternde Schauspielerin mit Kopftuch und schwarzen Augenrändern in das Reich der Greisinnen befördert.

Wie ist das nun: Sind ältere Männer wirklich per se attraktiver als ältere Frauen?

Mein pubertierender Sohn sagt »ja!«.

»Ach wirklich?«, meine ich. »Was ist, wenn er sehr dick ist und schlechte Zähne hat? Nur so als Beispiel!«

»Nein, dann natürlich nicht«, sagt mein Bub vorsichtig. »Typen halt, die cool aussehen. Wie …«

»Der Trivado-Typ mit Vollbart und trendy Klamotten?«

Mein Sohn setzt an, um was zu erwidern. Lässt es aber sein. Seine Mama versteht keinen Spaß, wenn es um diese Dinge geht.

»Nicht jeder schafft es mit zweiundfünfzig so auszusehen wie Jonny Depp oder Brad Pitt«, doziere ich. »Aber die sitzen ja auch nicht im Haifischbecken eines Unternehmens oder in der muffigen Küche eines Schnellrestaurants.«

Mein Sohn schielt rüber zur Tür.

»Ihr Körper wird von einem Personal-Trainer getrimmt und ihr Alterungsprozess steht unter der Dauerbeobachtung ihrer Agenten«, beende ich meinen elend-langweiligen Vortrag.

»Abgesehen von Clint Eastwood oder Robert Redford«, sagt mein Bub und lächelt mich charmant an. Er weiß, dass ich die beiden mag.

»Jaa«, sage ich. Ich bin beeindruckt.

Wie altern wir Normalos nun jenseits von Hollywood?

Die Industrie hat uns schon längst als kaufkräftige Zielgruppe im Visier: Sie versuchen uns das Geld aus der Tasche zu ziehen, ohne uns zu beleidigen. Junge Models werden in hässliche Klamotten gesteckt, schließlich wollen wir ja keine alten Leute in hässlichen Klamotten sehen. Und die D_ve-Reklame hat abgekackt, weil selbst die Dicken keine Dicken sehen wollten, sondern allenfalls Schlanke, die vorgeben, dick zu sein. Anderes Beispiel: Handys und Festnetztelefone so zu designen, dass der ältere Käufer nicht merkt, ein *Rentner-Telefon* in den Händen zu halten, sondern nur ein Modell mit etwas größerer Tastatur. Ebenso verhält es sich mit der Fernbedienung. Lieber wird das Ertasten der Funktionen eingeübt, als dass man zugibt, extrem weitsichtig geworden zu sein. Den jungen Leuten ist das alles scheißegal! Abgesehen davon, dass sie eh kein Festnetztelefon mehr brauchen, selbst wenn sie für den Anschluss bezahlen, ist es ihnen Wurst, was die Oldies da so treiben. Wir hingegen geben vor, integer und selbstbewusst zu sein, trauen uns aber nicht ein solches Rentner-Telefon zu kaufen oder Gott bewahre, ein Hörgerät zu tragen. Viele der Senioren (auch so ein böses Wort), kompensieren diesen vermeintlichen Mangel an äußerlicher Attraktivität mit mehr Genussfähigkeit. Nicht nur im kulinarischen Bereich. Da werden unbeliebte Bücher und DVDs aus dem Regal verbannt und Freunde, die einen eh nie gutgetan hatten, kurzerhand entsorgt. Just simplify your life! Diese Form der Auslese ist vermutlich darin begründet, dass wir denken, wir hätten nicht mehr viel Zeit und versuchen krampfhaft ein Maximum an verbleibender Erlebnisdichte her zu stellen.

Noch mal, altern nun Männer anders als Frauen? Männer unterliegen den gleichen biologischen Gesetzmäßigkeiten wie Frauen. Sie sind ebenfalls hormonellen Veränderungen ausgesetzt, und hier ist nicht (nur) von Libido- oder Potenzproblemen die Rede, sondern von männlichen Wechseljahresbeschwerden. Ja, auch Männer kommen in die Wechseljahre! Sie sind reizempfindlich, antriebslos und haben Ängste. Ich glaube, je mehr ein Mensch sich über seine äußere Erscheinung und Leistungsfähigkeit definiert, desto dramatischer wird er das Altern erleben. Älterwerden ist nicht leicht. Aber wenn wir die Unterschiede zwischen Männern und Frauen in billige Klischees einzementieren, verlieren wir den Blick für das Wesentliche. Wir Frauen machen uns bisweilen lustig über die Empfindlichkeit des Mannes, insbesondere dann, wenn er krank wird, obwohl es längst bewiesen ist, dass die Schmerzschwelle von Männern wesentlich niedriger angelegt ist als die von uns Frauen. Und Männer kompensieren den Verlust ihrer Männlichkeit, indem sie uns Frauen das Schwinden unserer Jugendlichkeit (insgeheim) vorwerfen. Sicher ist, dass wir alle unter dem Druck stehen, jung sein zu müssen. Selbst wenn wir souverän mit dem Altern umgehen, stolpern wir doch gelegentlich über Altersdiskriminierung und diesem Mysterium der Unsichtbarkeit. Ich will nicht jammern, aber vielleicht sollten wir unseren Blick darauf schärfen, dass wir in Zeiten von Photoshop und Körperoptimierung es nicht verlernt haben, das Echte vom Künstlichen zu unterscheiden. Menschen, die fortwährend ihr Aussehen optimieren lassen, können süchtig danach werden. Doch wie jede Sucht wirkt der Glücksrausch nur kurz und verlangt nach immer höheren Dosen. Wir alle kennen diese Studien, wo es heißt, dass das Durchschnittsgesicht als attraktiv empfunden wird. Das stimmt! Aber vielleicht sollten wir sagen, dass das Durchschnittsgesicht als hübsch empfunden wird, denn *schön* finden wir das Besondere. Freundliche, lachende Gesichter sind am schönsten, wie ich finde. Da ist es mir wurscht, wie viel Falten dieser Mensch hat. Das Leben steht ihm ins Gesicht geschrieben und ich möchte darin lesen.

Schönheitsverständnis in anderen Kulturen

Meine Großmutter sagte einmal, sie habe keine Lust (mehr), die Jahre zu zählen, die ihr noch bleiben, sondern auf die Zeit zu schauen, die sie gelebt hat. Ihr sehnlichster Wunsch war es, in einem Augenblick zu sterben, wo sie sich besonders geborgen und glücklich fühlen konnte, denn dann würde sie dieses Gefühl in die Ewigkeit hinüber retten können. Meine Oma lebte in einem bescheidenen, aber für mich wunderschönen Lehmhaus. Es bestand aus einem Wohn-Schlaf-Raum, worin sie Gäste empfing und nachts schlief und einer Art Küche mit Vorratsraum. Alles unter primitivsten Bedingungen. Keine Möbel, keine Elektrogeräte, kein fließendes Wasser. Man saß auf Sitzkissen und schlief auf Futons. Zwischen den beiden Räumen lud ihre Terrasse, ein zauberhaftes kleines Plätzchen, umzäunt von wildem Wein, zum Verweilen ein. In den kühleren Abendstunden konnte man Çay schlürfend vorbeigehenden Dorfbewohnern, die vom Bazar kamen, hinter herschauen. Nicht selten blieb der eine oder andere stehen, um mit einem Schwätzchen den Tag ausklingen zu lassen. Schnell wurde etwas zu Essen herbei gezaubert. Çay aus Gläsern stand immer bereit und wenn gerade ein religiöses Fest bevorstand, bekam man auch Süßspeisen serviert. Es gab immer einen Grund Çay zu trinken, wenn man glücklich war, wenn man traurig war oder einfach nur so um Allah zu danken, weil er es so gut mit einem meinte. Obwohl meine Großmutter sehr arm war, hatte sie Allah täglich zu danken. Die ganz alten Frauen mochte ich besonders gerne, mit ihren strahlenden Augen, den faltigen Händen und den nie endenden Geschichten aus vergangenen Zeiten, als sie selbst jung und schön waren. Ich hatte nie das Gefühl, dass sie neidisch auf unsere Jugend waren. »Wir hatten unsere Zeit«, sagten sie lachend. Sie fanden, dass alle jungen Mädchen schön sind. »Jungsein ist Schönsein«, erklärten sie. Ich glaube, für meine Großmutter bedeutete Schönheit, sich und sein Umfeld sauber zu halten. Täglich wusch und kehrte sie ihr Häuschen aus. Die anderen Frauen riefen lachend im Vorbeigehen: »Şerife, hör auf zu putzen, wegen dir geht das Wasser noch im Dorf aus!« Der einzige Wasserhahn stand draußen, natürlich nur mit kaltem Wasser. Ein Mal habe ich dort eine Schlange gesehen, was meine Großmutter nicht sonderlich beeindruckte. Als ich vor Schreck aufschrie, sagte sie: »Reiß dich zusammen!« Sie hatte drei Ehemänner begraben, fünf Kinder geboren und war zeitlebens arm gewesen. Was war da schon eine Schlange?

Die Frauen trugen Pumphosen aus Baumwolle und große karierte Tücher in der Größe einer Tischdecke, die sie über den Kopf warfen, wenn sie das Haus verließen – außer der jungen Mädchen, die mussten ihre Haare nicht bedecken, aber sie sollten peinlichst genau darauf achten, dass ihre Kleidung anständig aussah und nichts durchscheinen ließ, wenn sie an den Straßencafés vorbeigingen. Dort saßen vorwiegend verheiratete Männer, die den jungen Mädchen hinterher schauten, mit gekonnt gespieltem Desinteresse, man konnte ja nie wissen, wessen Tochter oder Schwester es war, und man wollte ja nicht irgendjemandes Ehre verletzen. Aber ist es für die Männerwelt nicht ohnehin eine olympische Disziplin, Frauen auf den Busen zu schauen, ohne dabei ertappt zu werden? Die Mädchen jedenfalls verstanden es, nichts zu zeigen, aber doch so viel erahnen zu lassen, dass das Interesse eines heiratswilligen Jünglings geweckt wurde. Nichts war so schlimm wie ein junges Mädchen, das keine Beachtung finden konnte. Wenn sie die zwanzig überschritten hatte, ohne dass Freier um ihre Hand angehalten hatten, wurde es brenzlig für sie. Bereits mit dreiundzwanzig war man eine alte Jungfer – es sei denn, das Mädchen konnte ein Studium nachweisen.

Nun, wie stellten sie es an, Aufmerksamkeit auf sich zu ziehen? So wie es alle Frauen auf der Welt tun. Es muss ja nicht immer der Busen und Po herhalten um die dummen Männerblicke auf sich zu ziehen. Ein geschmeidiger Gang zum Beispiel nicht nuttig in einem Rhythmus, der wie ein guter Song im richtigen Takt gespielt werden musste, nicht zu schnell, aber auch nicht zu langsam. Es sollte nicht künstlich wirken, aber doch eine gewisse Theatralik bieten. Stolz und weiblich sollte er sein, lockend und abweisend zugleich. Die Hüften wurden dabei so bewegt, dass man ahnen konnte, später keinen Besen im Bett neben sich liegen zu haben, aber auch keine Sexbombe, die jedem und allen ihren Nektar zu bieten schien. Anständig und sündig zugleich. Was für Zwischentöne im menschlichen Balzverhalten! Und der Blickkontakt? Niemals durfte ein junges Mädchen einem Mann zu lange in die Augen schauen. Die Augen, Pforten der Seele, sie würden alles verraten. Eine Frau sollte den Mann verzücken, verzaubern und vor allen Dingen neugierig machen – auf das, was sie von anderen Frauen unterschied – ihre Persönlichkeit. Und diese durfte auf keinen Fall auf einmal offen dargelegt werden wie auf einem Silbertablett. Stück für Stück sollte er ihre Vorzüge kennenlernen. »Sei wie eine Königin und du wirst wie eine Königin behandelt werden!«, sagen die Spanier. Ein Mann durfte sich nie zu sicher sein. Schließlich konnte jederzeit ein anderer Freier um die Gunst der Auserwählten werben. Also musste er schnell handeln. Sie pflücken, bevor es andere taten. Außerdem gab es noch einen ganz banalen Grund für diese Eile. Der menschliche Trieb. Eine Frau musste jungfräulich in die Ehe gehen, damit sie später keinen Vergleich haben konnte. Das war immerhin eine gewisse Garantie für Treue. Und was die jungen Männer betraf, so sollten sie möglichst schnell heiraten und Kinder zeugen, damit sie nicht auf dumme Gedanken kommen konnten, außerdem hatten sie so regelmäßigen Sex. Na bitte sehr! Der eigentliche Heiratsmarkt war der Hamam, das türkische Bad. Dort konnte man sehen, wie der Körper eines Mädchens war. Ihre Brüste, ihre Hüften, die Beschaffenheit der Haut zeigten einer erfahrenen Frau, wie es um die Gesundheit eines Mädchens stand. Stellte es sich heraus, dass es unter Ausschlägen litt, unterstellte man ihr später kranke Kinder zu gebären. Ihr Körper sollte kräftig, ihre Haltung stolz sein. Später musste sie einmal zupacken können, um nicht bei jedem Unwetter des Lebens zusammenzubrechen. Wenn sie obendrein von Anmut, Grazie und geistiger Schönheit gesegnet war, durfte es an Verehrern nicht mangeln.

Tja, was ist denn nun schön?

Wenn kleine Kinder jemanden nicht schön finden, sagen sie, er oder sie sei blöd oder gemein. Sie sagen nicht hässlich. Sie verbinden mit dem Schönen ein Gefühl und keine Maske. Was sich gut anfühlt, ist schön! Wie der kleine Prinz sagt, sieht man halt nur mit dem Herzen gut.

DAS GEBURTSTAGSSTÄNDCHEN

Ich habe Geburtstag. Um mich selbst zu verwöhnen, nehme ich mir einen halben Tag frei und fahre in die Innenstadt. Das heißt, in der Innenstadt bin ich ja schon. Nämlich am Isartorplatz. Aber für mich ist die richtige Innenstadt der Marienplatz oder der Stachus. Gut gelaunt fahre ich meinen PC herunter und verabschiede mich von meiner Chefin.

»Feiern Sie noch recht schön!«, sagt sie. Ihre hübschen Beine hatte sie auf ihrem Schreibtisch ausgestreckt und das Sacco ausgezogen.

»Danke, das werde ich tun, aber keine Sorge, ich komme morgen ohne Kater zur Arbeit. Und danke noch mal für das tolle Buch«, sage ich und schaue sie dankbar an.

Auf dem Weg zur S-Bahn unweit meiner Firma beobachte ich von Weitem zwei Mädchen, die am Absatz einer Rolltreppe stehen und die Passanten um Geld anpumpen. Sie waren ja auch nicht zu übersehen: Im allerbesten Post-Punk-Look stehen sie da und machen Party. Party, weil das Ganze für mich nicht nach Betteln aussieht, sondern nach Spaß! Wegen ihrer Frisuren erinnern sie mich ein wenig an meine Nymphensittiche. Beide haben einen fest gekleisterten Irokesenschnitt und haufenweise Piercings an Ohren, Augenbraue, Kinn und Nase – praktisch überall im Gesicht. Die Eine, klein und mollig, trägt eine viel zu große schwarze Lederjacke, einen kurzen Schottenrock und kniehohe schwarze Lederstiefel. Ihr Haar ist knallrot. Das andere

Mädchen ist spindeldürr und hoch gewachsen. Sie ist in einen langen schwarzen Samtmantel mit weit ausladenden Ärmeln gehüllt. Darunter trägt sie einen bauchfreien *Kinderpulli* und einen sündhaft kurzen Minirock, Netzstrümpfe mit den obligatorischen Löchern und Springerstiefel in Schwarz. Ihren Bauch zieren zwei Drachenkopf-Tattoos, die sich gegenseitig mit Feuer bespucken. Die tiefschwarze Kleidung verleiht ihrer Erscheinung eine gewisse Dramatik. Irgendwie erinnert sie mich an eine Mangafigur.

»Tschuldigung, haben Sie Kleingeld?«, fragt mich die Mollige mit den roten Haaren und kratzt sich mit geschlossenen Augen an der Nase. Als ich nicht sofort reagiere, sagt sie: »Haben Sie'n Euro übrig?«

Ich drücke ihr zwei Euro in die Hand.

»Ey danke!« Sie strahlt. »Soll ich was singen?«

Toll, ein Geburtstagsständchen. »Ja, das wär schön«, sage ich und falte meine Hände wie Angela Merkel.

Über den Titel können wir uns nicht sofort einigen, da uns mindestens zwanzig Jährchen voneinander trennen. Unser Musikgeschmack geht doch weit auseinander. »Kennst du Sinead O'Connor?«, frage ich.

Die Sängerin schüttelt den Kopf.

»Ey Pumuckl klar kennst die Alte. Des is doch die mit der Glatzn!«, brüllt ihre Freundin rüber. Eine Passantin, die gerade an ihr vorbei schleicht, zuckt erschrocken zusammen.

Pumuckl schüttelt unbeirrlich mit dem Kopf und bläst ihren Kaugummi zu einer beachtlichen Größe auf.

Ich schiele auf meine Armbanduhr.

»Hab dir doch die CD gzeigt, wo ma beim Catweezel warn!« Pumuckls Freundin rollt mit den Augen und pustet sich den schwarzen Ponny aus dem Gesicht. »Alter!«, sagt sie kopfschüttelnd, setzt sich breitbeinig auf die Brüstung und steckt sich eine Zigarette an.

Pumuckl macht ein nachdenkliches Gesicht. »Ach halt die Klappe! Ich sing jetzt, was mir gefällt!«, sagt sie schließlich. »Ich sing: *Für dich solls rote Rosen regnen. Was dagegen?«,* fragt sie und macht sich groß.

Ich will keinen Streit zwischen den Mädels provozieren. Also fange ich an, mit der rechten Hand zu schnippen und tänzle blöd hin und her. Genau in diesem Moment geht meine Chefin an mir vorbei und winkt mir zu. Endlich fängt Pumuckl an zu singen. Dabei reckt und streckt sie sich wie eine Operndiva und ihr Bauchröllchen springt aus dem knappen Schottenröckchen hervor und wölbt sich darüber wie eine Schürze. Ich stelle erfreut fest, dass auch junge Mädchen einen Hängebauch haben können. Pumuckl hat eine fabelhafte Stimme. Wer hätte das gedacht? Sie singt wie die Knef. Eine so tiefe Singstimme hätte ich ihr nicht zugetraut. Nun läuft meine Sängerin in Hochform auf. Mit hochrotem Kopf, der ihrem schwarz-weiß geschminkten Gesicht einen sonderbaren Rosaton verleiht, grölt sie sich die Seele aus dem Leib. Ihr mit Nieten besetztes Hundehalsband scheint jeden Moment aufzuspringen. Als alte Medizinfrau verkneife ich es mir, ihren Puls zu messen, da sie nun auch noch anfängt, fürchterlich zu schwitzen. Sie hebt und senkt die Arme, macht eine Pirouette und lässt zum Abschluss ihr Becken kreisen. Die Tanzeinlage passt zwar nicht zum Lied, aber wenn man so in Ekstase ist, soll man sich nicht zurücknehmen. Plötzlich verstummt die Künstlerin und verlässt trippelnd die Bühne, um von ihrem Publikum, das mittlerweile neben meiner Wenigkeit aus einer japanischen Reisegruppe, zwei kichernden Jugendlichen und einer alten Oma besteht, zurückgeholt zu werden. »Bravo!«, rufe ich mit hochrotem Kopf und nicke den anderen Zuschauern zu, die meinem Blick ausweichen. »Bravo! Zugabe!« Meine kleine Sängerin mit dem entzückenden Bauchröllchen mag nicht mehr. Sie greift nach ihrer Bierflasche und steckt sich erst ein Mal eine Zigarette an. Sie zieht an der Zigarette, als würde sie ein Asthmaspray inhalieren. Dann hält sie kurz den Atem an und bläst wunderschöne Rauchringe in meine Richtung. »Danke!«, hauche ich ein wenig schüchtern, aber sehr glücklich und verzieh mich.

VON GRÜNEN LÄMPCHEN UND FACEBOOK-SCHLAMPEN

Am Anfang, wenn die Liebe noch frisch ist und der andere geheimnisvoll und unerforscht, scheint unser Verlangen nach unserem Liebsten grenzenlos zu sein. Dann, wenn der Alltag uns fest im Griff hat, mit all seiner Monotonie und dem Beziehungsstress, zieht unsere Libido langsam, aber sicher den Schwanz ein. Wir wehren uns dagegen, Beziehungsarbeit leisten zu müssen. Ist das nicht allzu verständlich? Die Liebe sollte doch etwas Leichtes sein und keine Arbeit! Wir denken mit Wehmut an die Zeit, als alles begann und das gemeinsame Kochen von Fertignudeln zum sinnlichen Ereignis wurde und man seinen Kimono nur für Sekunden öffnen musste, um seinen Liebsten scharfzumachen. Diese unschuldige Zeit, wo es beide wirklich ernst meinten. Sich liebten und begehrten und nie und niemals an eine Trennung dachten. Wenn dieser Verliebtheitsrausch langsam verpufft und der Alltag einen wieder fest im Griff hat, schleicht sich langsam aber sicher ein Eifersuchts-Virus in die Beziehung ein, wogegen (noch) kein Kraut gewachsen ist.

Wenn der Freund einmal nicht antwortet, obwohl sein grünes Lämpchen in Facebook (Ich weiß schon die jungen Leute sind längst von Facebook abgewandert und treiben sich auf anderen Plattformen herum, wo nicht so viele alte Leute sind wie ich, aber gestatten Sie mir bitte trotzdem dieses Beispiel anzuführen.) aufleuchtet, verfallen Frauen plötzlich in den Geisteszustand einer Dreijährigen.

Panik bricht aus! Bestimmt flirtet der Auserwählte gerade mit irgendeiner Facebook-Schlampe. Und das vor aller Weltsaugen. Ekelhaft! Seine Erklärung, dass das blöde Lämpchen immer an ist, auch wenn er gar nicht in Facebook sei, wird genauso ignoriert wie seine Bemerkung, man hätte sich doch sonst auch *so* vertraut (insgeheim denkt er sich, wo ist nur die Frau geblieben, die anfangs so selbstbewusst und süß war?). Von nun an ist sie permanent auf Spurensuche. Erst einmal wird sein ganzes Vorleben ausspioniert, alles, was das *World Wide Web* hergibt, wird gefilzt. Hier wird auch vor seiner Familie nicht Halt gemacht. Wer weiß, was er und seinesgleichen so alles getrieben haben? Am Ende ist er womöglich ein Bigamist, der in allen sechzehn Bundesländern eine Braut hat!

Und was machen die Männer? Anstatt mit der Freundin reinen Tisch zu machen und dazu zu stehen, wer sie nun mal sind, verstricken sie sich in Rechtfertigungsorgien und Lügenstrategien.

Liebe Männer, macht es so, wie es mein Ex-Mann seinerzeit getan hat, als es noch kein Internet gab und die armen Männer nicht von eifersuchtsgeplagten Noch-Frauen, Ex-Frauen und Bald-Frauen beschattet wurden. Er hat meine anfänglichen Zweifel hinter seiner besten Freundin könne eine gefährliche Konkurrentin stecken mit Direktheit und Charme weggewischt, hat mich liebevoll an sich gezogen und gesagt: »Schatz, ich werde andere Frauen treffen, auch besuchen und sie anrufen. Daran kannst Du nichts ändern. Aber ich liebe Dich. Nur Dich!«

Ich war für kurze Zeit angepisst, als er eine seiner Freundinnen wieder mal in Wien besuchte. Aber das hielt nicht lange. Mein Schatz hatte mir den Zahn der Eifersucht ein für alle Mal gezogen und ich war (fast) nicht mehr eifersüchtig.

PS: Ein Hinweis an die Arbeitgeber: Ihr Mitarbeiter ist NICHT in Facebook, nur weil das grüne Lämpchen aufleuchtet. Wie denn auch, er sitzt Ihnen ja gerade gegenüber, um die neueste Planung durchzugehen. Also bitte!

HEIRATEN IHN BEATE!

»Was stört dich an mir? Sag schon! Wie ich mein Ei köpfe? Oder schnarche ich etwa? Was ist es? Na komm schon irgendwann sagst du's ja doch!« David bringt mich mit einem langen Kuss zum Schweigen. »Was redest du da? Du bist schon eine sonderbare kleine Frau …«, sagt er und zieht mich wieder zurück ins Bett. An den Ort, aus dem wir seit Tagen nicht mehr herausfinden. Wenn wir nicht miteinander schlafen, erzählen wir uns unsere Geschichten so wie es alle Liebespaare auf der Welt tun. Nein, das stimmt nicht ganz! Ich erzähle ihm nicht alles. Lasse lieber ihn reden. Ich werfe einen Schleier über meine Vergangenheit. Und was meine Persönlichkeit betrifft, will ich ihm keinesfalls mein Innerstes innerhalb kürzester Zeit auf einem Silbertablett präsentieren. Cool sein bis zum heiß begehrten Heiratsantrag. Denn das ist sicher ich liebe ihn aber, er darf es nicht erfahren. Noch nicht! Dieses eine Mal werde ich nicht das Telefon bewachen, heimlich an ein gemeinsames Kind denken und schon gar nicht aus ihm das »ich liebe dich« herauslocken, heraus erpressen oder ihn sonst irgendwie manipulieren. Am dritten Tag schicke ich ihn weg; meinen neuen Freund, der mich über alles liebt und ich habe dreimal den Morgen danach überlebt.

Nichts wird von uns Frauen so sehr gefürchtet wie der Morgen danach. Der Abend zuvor ist schön. Die Vorbereitung auf ein Date ist manchmal sogar schöner als das Date selbst. Wir hören unsere Lieblingssongs, während wir uns die Beine rasieren, die Klamotten aussuchen und uns mit Hingabe schminken. Wir schauen uns selbstverliebt im Spiegel an, betrachten unseren Po von allen Seiten und vollenden unser Kunstwerk mit einem Hauch Parfum. Dann geben wir uns dem Geliebten hin. Er darf jetzt an uns naschen. Stück für Stück. Wobei wir peinlichst genau darauf achten, den Zeitpunkt nicht zu verpassen, die Slipeinlage rechtzeitig zu entfernen. Und dann, wenn wir uns dem Liebesspiel hingeben, steht uns unsere Freundin die Nacht mit ihrem einschmeichelnden Licht, das uns selbst bei völliger Dunkelheit neben dem Geliebten wie eine Königin erscheinen lässt, zur Seite. Aber der Morgen danach ist böse. Er bringt alles ans Tageslicht, was wir mühevoll verschleiert hatten, erbarmungslos und gemein. Straft uns Lügen, plaudert alles aus wie eine Klatschbase.

Wenn ich an meinen ersten festen Freund denke, damals vor dreißig Jahren, schäme ich mich noch heute für mein durch und durch albernes Verhalten an *jenem* Morgen danach. Nach unserer ersten Liebesnacht hatte ich mich heimlich aus dem Haus geschlichen um eine Gaststätte aufzusuchen, wo ich auf die Toilette gehen konnte. Mein Geliebter sollte nicht herausfinden, dass ich aus Fleisch und Blut bestand. Göttinnen gehen niemals aufs Klo! Außerdem musste ich mich noch schminken, bevor er aufwachte. Und hat er es mir gedankt, der Schlingel? Natürlich nicht! Er ist aufgestanden, hat mir einen flüchtigen Kuss gegeben und ist samt Zigarette und Morgenzeitung im Bad verschwunden. Wurscht waren ihm sein morgendliches Aussehen, die Geräusche, die er in der Toilette machte und sein Mundgeruch. Nun, mittlerweile bin ich selbstbewusster geworden. Traue mich sogar neben meinem Lover zu pinkeln, wenn es sein muss, aber von der Gelassenheit der Männer bin ich noch Welten entfernt.

Zunächst muss man sich fragen, warum Männer so locker sind? Weil sie Liebe und Sex voneinander trennen können?

Vermutlich tragen sie ein Liebes-Immun-Gen in sich, das sie vor der Abhängigkeit gegenüber dem weiblichen Geschlecht schützt. Während sie sich jedoch in Sicherheit wiegen, die neue Beziehung ganz nach Belieben jederzeit beenden zu können, brechen sie weinend zusammen, wenn wir ihnen damit zuvorkommen.

Liebe Männer, es gibt keinen Grund zur Sorge; denn wir Frauen wollen insgeheim coole Männer, die uns das Gefühl geben, um sie kämpfen zu müssen. Wir müssen die Liebe eines Mannes erst verdienen. Dies ist der Grund, warum ein Mann ein klein bisschen ein Schwein sein muss, um von uns wirklich beachtet zu werden. Natürlich geben wir das nicht zu. Aber ein Kerl, der schwer zu kriegen, klug und sehr wichtig unseren weiblichen Reizen gegenüber immun ist, fasziniert uns. Sein (scheinbares) Desinteresse macht ihn für uns noch attraktiver. Und was machen wir? Anstatt uns spätestens hier etwas zurückzunehmen, damit er wieder auf uns zugehen kann, geben wir noch mehr Gas und wedeln mit sexy Gebärden unter seiner Nase, bis wir den Punkt der Lächerlichkeit erreicht haben. Denn wir stammen nicht von der Venus, meine Damen und Herren, sondern von dem Planeten der Barbiepuppen. Insgeheim denken wir nämlich, wir seien wunderschön und liebenswert und wir würden uns von anderen Frauen nicht zuletzt durch unsere Originalität und unserem beispiellosen Charme unterscheiden. Heimlich denken wir, die anderen Frauen sind zu dick, zu hässlich oder zu langweilig. Wir geben das nicht zu, nicht einmal vor unserer besten Freundin. Anstatt dessen beklagen wir uns zu dick, zu hässlich oder zu langweilig zu sein. Und wenn uns nicht einmal mal mehr die Bauarbeiter hinterherpfeifen, sind wir restlos beleidigt.

Wenn ein neuer Verehrer auftaucht, glauben wir ihm jedes Wort (selbst, wenn wir hundert Jahre alt sind); wenn er uns gesteht, noch nie eine so schöne und interessante Frau kennengelernt zu haben. Ich glaube, die Männer meinen das in diesem Moment auch so. Mussten sie nicht jahrelang ihre Mütter anlügen, wenn diese herausgeputzt und parfümiert den Spross fragte, ob die Mama auch wirklich (wirklich ist ein sehr wichtiges Wort im Sprachschatz von uns Frauen) hübsch aussehe?

Drei Fragen konnten sich diesbezüglich durchsetzen:

Frage Nr. 1: »Wie sehe ich aus?«

Bei dieser Fragestellung kann man(n) davon ausgehen, dass sich die Dame sehr wohl klar darüber ist, dass sie schön aussieht. Hier sollte der kluge Mann sagen: »Du siehst wunderschön aus, Schatz! Ich habe noch nie eine Frau gesehen, die so schön ist wie du!« Er darf dabei aber nicht den Fehler machen und in seinem Tonfall auch nur den leisesten Hauch von Spott mitklingen zu lassen. Frauen sind diesbezüglich mit Hightech-Antennen ausgestattet; denn Frauen sind lebende Lügendetektoren.

Frage Nr. 2: »Geht das so?«

Hier sollte er wissen, dass Frau sich ihrer Wirkung nicht ganz sicher ist. Antworten Sie in diesem Fall lieber mit einer Gegenfrage. In etwa: »Ich bin mir nicht ganz sicher Schatz, irgendetwas fehlt noch. Findest du nicht auch?« Sie rennt dann glücklich davon, dankbar für den Wink und kleidet sich komplett neu ein.

Frage Nr. 3: »Gefalle ich dir?«

Dies ist die heimtückischste aller Fragen. Hierfür habe selbst ich, meine Herren, keine passende Antwort gefunden. Weil es hierfür keine passende Antwort gibt! Ganz gleich, was sie sagen, Ihre Herzallerliebste wird Ihre Antwort verschmähen. Sagen Sie: »Ja Schatz, du gefällst mir«, unterstellt sie Ihnen, dass Sie es entweder nicht aufrichtig meinen oder es nur so dahin gesagt haben, um sie voranzutreiben.

An dieser Stelle möchte ich eindeutig Partei für das starke Geschlecht ergreifen: Wenn man von Kindesbeinen an mit all diesen Fragen malträtiert wird, kann man es dann den

Männern verübeln, wenn sie zeitweise eine gewisse Apathie an den Tag legen?

Zurück zur viel gepriesenen Gelassenheit der Männer.

Wenn er irgendwann, trotz aller Vorsichtsmaßnahmen sich doch in so eine Frau verliebt hat, ist er ihr auf Gedeih und Verderb ausgeliefert. Nun hängt er an der Angel.

Kluge Frauen lassen dies dem Mann nicht spüren, noch hat er ihr ja keinen Heiratsantrag gemacht. Es spielt dabei keine Rolle, ob sie ihn annehmen würde. Ein Antrag muss her! *(Mit Stolz darf ich an dieser Stelle bemerken, dass ich in meinem Leben bereits sieben Heiratsanträge erhalten habe. Verzeihung, es waren nur fünf, denn zweimal bekam ich den Antrag an der türkischen Grenze von irgendwelchen armen Kerlen, die so gerne nach Deutschland ausgewandert wären.).*

Die beste aller Freundinnen, Beate, steht kurz davor, einen Heiratsantrag zu bekommen. Seit knapp drei Jahren ist sie nun mit Reinhard, einem gut aussehenden und klugen Advokaten liiert. Sie ist nun soweit. Sie ist reif für einen hollywoodreifen Heiratsantrag. Sollte ich vielleicht sagen, überreif?

Bitte denken Sie daran, meine Herren, dass Frauen für einen Heiratsantrag insgeheim ein Verfallsdatum festsetzen. Glauben Sie mir, selbst der romantischste Antrag verfehlt seine Wirkung, wenn er zu spät kommt. Vielleicht sollten wir Frauen uns nicht so viel Gedanken über einen perfekten Antrag machen, sondern uns vielmehr fragen, ob *er* der Richtige ist!

Die beste aller Freundinnen jedoch ist wie ferngesteuert. Ihre anfänglichen Zweifel, er könne nicht zu ihr passen, sind längst verflogen. Dass er ausgesprochen oft über den Durst trinkt oder sich immer noch täglich das Abendessen von der Mama kommen lässt, werden genauso ignoriert wie die Tatsache, dass sie nur einmal im Monat Sex haben. Wenn man verheiratet war, würde sich das schon geben. Nun gut.

Ich verstehe sie. Es gibt ja auch keinen perfekten Mann, so wie es keine perfekte Ehe gibt.

Möglicherweise werden wir im Leben mehr von unseren Trieben gesteuert, als es uns lieb ist. Steckt nicht hinter einem so heiß begehrten Wunsch nach einer Heirat in Wirklichkeit der latente Zwang, geschwängert zu werden? Wäre ich damals vor sechzehn Jahren schwanger geworden, wenn ich mit Axel, dem Vater meines einzigen Kindes, so kritisch gewesen wäre?

Liebe Beate, tu es! Heirate ihn! Seit Beate und ich uns einig sind (selbstverständlich weiß ihr Zukünftiger nichts von unseren Plänen), frage ich sie fortwährend, ob er sie nun endlich gefragt habe. Gelegenheiten dafür gab es schließlich genug: der Australien-Urlaub zum Beispiel. Oder Beates Geburtstag. Auch ein schönes Datum. Ganz zu schweigen vom klassischsten Zeitpunkt aller Heiratsanträge: am Weihnachtsabend im Schoße der Familie. Doch auch der Kurzurlaub zu Silvester blieb »heiratsantragslos«.

Langsam werde ich ungeduldig. Schließlich werde ich die Trauzeugin sein. Ich muss mich ja körperlich (Gewichtsreduktion von zwanzig Kilo) und geistig (Rede vor den versammelten Hochzeitsgästen) darauf vorbereiten. Außerdem musste noch ein Sketch im Freundeskreis eingeübt und ein Song für das Brautpaar geschrieben werden. Die Melodie dafür existiert schon lange.

Und sobald ich das Hochzeitsdatum erfahre, kann ich endlich mein Projekt in Word starten.

Es heißt: »Beas Wedding Party«.

DER KUCHENTRICK

Wenn man in einer Großstadt wie München lebt, wo gefühlt die meisten Singles leben, muss man schon erfinderisch sein, um die Aufmerksamkeit eines Mannes auf sich zu ziehen. Leicht ist das nicht, wo doch *Tinder & Co.* die Single-Community weltweit fest im Griff haben.

Sie wollen sich einen Mann angeln?

Ich hätte da einige Old-School-Methoden auf Lager.

Der Welpen-Trick:

Leihen Sie sich einen Baby-Hund aus und die Menschen werden ihnen zu Füßen knien. Wenn Sie dann noch charmant plaudern können, wird das aparte Mädchen oder der gut aussehende junge Mann von nebenan nicht nur ihrem Leih-Hund Aufmerksamkeit schenken. Außerdem erweitern Sie so Ihr Netzwerk. Vielleicht finden Sie nicht Ihren Traummann, aber einen Traumjob oder Traumwohnung. Ich weiß, dass jeder den Welpentrick kennt und wenn man bedenkt, dass ein kleiner Hund für eigene Zwecke missbraucht wird, klingt die Idee irgendwie ehrenrührig. Aber wie so oft im Leben, kommt es auf die Umsetzung an: Wenn der Hundesitter es gerne macht und das Leihen in Wirklichkeit nebensächlich ist, kann man sich getrost nach hinten lehnen, wie ich finde.

Der Kuchen-Trick:

In jedem Mann steckt ein konservativer Geist. Sie geben es nicht zu, aber insgeheim träumen Männer von einer Frau, die gut kochen und backen kann. Natürlich dürfte die Partnerin einen Doktortitel haben und die Körpermaße eines

Supermodels aber so richtig satt wird ein Mann weder von interessanten Gesprächen noch von perfekt geformten Brüsten. Eine sympathische Frau, die mit einem herrlich duftenden Nusskuchen in der Hand durch die Stadt scharwenzelt, ist doch ein netter Anblick. Nicht nur für Männer! Backen Sie am Sonntag einen schönen Kuchen und flanieren Sie damit am nächsten Morgen durch die U-Bahn-Gänge. Die Männer werden entzückt den Hals nach ihnen verdrehen und gerne neben Ihnen in der U-Bahn sitzen wollen.

Der Taschentuch-Trick:

Schon unsere Urgroßmütter nutzten ihn. Beim Spaziergang im Englischen Garten nebst der Tante, die als Anstandsdame fungierte, blieb einem jungen Mädchen nichts anderes übrig, als ein hübsch besticktes Taschentuch fallenzulassen. Auch weniger schöne Mädchen konnten sicher sein, dass ein Mann es für sie aufhob und ihr hinterhertrug. Schon aus Ritterlichkeit! Allerdings rate ich Ihnen davon ab, das Handy fallenzulassen: Erstens könnte es ja sein, dass der Herr hinter ihnen ein *Lump* ist und es einfach stiehlt und zweitens, aber das wissen Sie ja selbst, kann das gute Stück dabei kaputtgehen, und drittens … mir fällt kein dritter Punkt ein. Lassen Sie sich was einfallen, es könnte ja ein Buch sein, das ihnen aus der Handtasche gleitet. So können Sie sich gleich über Ihre Lieblingslektüre austauschen. Et voilà!

Der Visitenkarten-Trick:

Wenn Sie in einem Café einen interessanten Herrn ausmachen, könnten Sie ja auf dem Gang zur Toilette Ihre Visitenkarte oder Notfalls eine Serviette mit Ihrer Telefonnummer ihm beiläufig auf den Tisch flattern lassen. Wenn er Sie nicht gut findet, ist das auch okay. Sie sind schließlich eine Frau von Welt und können durchaus mit einer Mini-Niederlage umgehen.

Das Hanky Code: Vielleicht könnte man sich dem altbewährten Hanky- oder Keycode bedienen und sie in die Hetero-Welt übertragen. Erklärung: Unter Homosexuellen und in der Erotik-Szene spricht das Taschentuch (eigentlich ist es ein Hals- oder Kopftuch) eine eigene Sprache. Es kann sich in der linken oder rechten Gesäßtasche oder am Hals befinden und zudem viele verschiedene Farben haben. Jede Variante definiert eine Botschaft über die bevorzugten Sexualpraktiken. Orange bedeutet zum Beispiel: Für alles offen!

Natürlich gibt es viel mehr Methoden, wie man im realen Leben einen Partner finden kann, aber eines ist sicher: Sich aufzuraffen, ordentlich zurechtzumachen ist meines Erachtens gesünder, als sich die Wochenenden in Schlabberklamotten in Online-Dating-Portalen um die Ohren zu schlagen.

Sie sind eine Single-Mom?

Kein Problem!

Es gibt doch so viele Events, wo man mit Kind und Kegel nette Bekanntschaften schließen kann.

Hauptsache man beendet die *Mich-will-doch-eh-Keiner-Phase* und wagt einen Schritt vor die Haustüre.

MÄNNERARBEIT

Für Männer ist die Zeit der Werbungsphase wohl die aufregendste. Für uns Frauen nicht unbedingt! Nach dem zehnten Mal wissen wir, dass er, wenn er einmal Feuer gefangen hat, nicht mehr zu bremsen ist. Er überschüttet uns mit Love-Messages, ist lieb und aufmerksam und seine Libido scheint keine Grenzen zu kennen. Wenn wir dann noch schwer zu kriegen sind, stachelt das seinen Jagdinstinkt erst recht an. Irgendwann geben wir nach und landen schließlich mit unserem Traummann im Bett. Point-of-no-Return! Unsere Bindungshormone laufen auf Hochtouren und da ist es völlig egal, ob wir sechzehn, dreißig oder hundertundeins sind. Wir werden weich und anschmiegsam und denken im Geheimen über eine gemeinsame Zukunft nach. Es ist nicht leicht zu begreifen, wenn der Mann, der noch gestern gesagt hat, dass er uns über alle Maßen liebt, uns plötzlich wie eine Fremde behandelt. Das ist der Moment, wo wir Frauen gerne auf einen fulminanten Anfang voller VAVAVOOM verzichten könnten. Gleichklang ist uns lieber als eine Mordsovertüre!

Okay gehen wir einen Schritt weiter. Der einst so romantische Typ ist von der Spielkonsole nicht mehr wegzukriegen. Und wenn Sie ihn bitten, in der Wohnung etwas zu reparieren, vertröstet Ihr *Sofaheld* Sie immer und immer wieder. Er sagt, er werde »bald« den Keller ausräumen, den Türgriff reparieren oder Ihnen beim Malern helfen. Seien Sie geduldig! Schließlich mögen Sie es auch nicht, wenn man sie drängt, also sagen Sie in bester Absicht: »Schatz, wir bestellen uns Lecker-Pizza, hören gute Musik und machen das gemeinsam. Das macht Spaß!« Doch auch das zieht nicht. Bei länger verheirateten Paaren greift nicht einmal das »Sex-Embargo«! Damn! Hat denn den Männern niemand beigebracht, dass Ritterlichkeit auch nach dem Happy End sexy ist?

So, jetzt sind Sie aber richtig sauer! Wenn Sie ihm nun drohen, er werde schon sehen, wenn demnächst eine Firma auftaucht, die für teures Geld a l l die fälligen Reparaturen übernimmt. Wird er innerlich nur gähnen, weil er genau weiß, dass Sie für so was zu geizig sind.

Was machen wir?

Wir nörgeln.

Wir drohen.

Wir schmollen.

Wir schimpfen.

Und wir erinnern uns mit Wehmut an die Zeit, als: »Ich hab eine Spinne im Schlafzimmer« nicht nur ein Code dafür war, dass Sie scharf auf ihn waren, sondern er so zeigen konnte, wie agil und zuverlässig er ist. Damals hätte er sogar seine Großmutter für Sie stehen lassen, wenn Sie gesagt hätten, dass sich eine Fliege in Ihre Wohnung verirrt hätte. Aach! Irgendwann haben Sie genug von Ihrer eigenen Weinerlichkeit und analysieren das Problem. Ich weiß, Sie fühlen sich verraten und verkannt und denken in düsteren Stunden vielleicht sogar an eine Scheidung.

Aber bitte jetzt nicht die Nerven verlieren.

Denken wir besser nach!

Also, was kann Frau tun? Entweder Sie erledigen das selbst – hey, in Zeiten des Internets bekommen Sie schließlich für alles eine Anleitung auf *YouTube* und das in allen Sprachen. Sie können sich ja den süßesten Typen dafür aussuchen und das Video immer und immer wieder anschauen. Ja, auch gerne im Bett, mit Kopfhörer und

Notebook auf ihrem Schoß. Die ganz Frechen unter Ihnen können ja Reizwäsche dabei tragen. Falls er dann immer noch nicht von der Couch steigt, um die »Männerarbeit« zu erledigen, greifen Sie zu Plan B: Lassen Sie es sich machen! Grins.

Nun, die Idee mit dem Handwerker ins Haus holen ist gut, doch sollte diese Aktion von langer Hand geplant werden. Rufen Sie ihre Freundinnen an und organisieren Sie ein Treffen. Erfassen Sie eine To-do-Liste nach Dringlichkeit und Ablaufdatum. Als Nächstes suchen Sie nach dem idealen Handwerker, den Sie dann herumreichen können. Ihr »Repairman« ist handwerklich begabt, zuverlässig und ganz wichtig: heiß. So was spricht sich schnell unter Ihren Männern herum. Und Ihre glänzenden Augen (die nicht nur dem Alkoholgenuss geschuldet sind) und ihre Lobeshymnen über einen handwerklich so begabten jungen Mann werden Ihren Mann nicht nur ärgern, sondern ihm eine Lehre sein. Wenn er dann das nächste Mal sagt: »Ja, ich mach das schon noch …!«, greifen Sie zum Telefon und sagen: »Nicht nötig Schatz. Ich wollte eh wieder mal meine Freundinnen sehen.« Denn das ist die Sprache, die Männer verstehen. Wissen Sie nicht mehr? Er selbst hat doch einmal gesagt: »Baby nicht quatschen, sondern handeln!«

FIRST AID GEGEN LIEBESKUMMER

Wenn Ihr Partner Sie verlassen hat, werden Sie vermutlich das tun, was Millionen andere Frauen nach einer Trennung auch tun würden: Sie lecken sich erst einmal ausgiebig Ihre Wunden. Die meisten Kerle sind es eigentlich nicht Wert, aber Sie tun es ja nicht für ihn. Sie tun es für Ihre innere Heilung. Sie weinen, weil es raus muss. Ihr geschundenes Herz hat zwar eine Narbe mehr vorzuweisen, aber Sie sind ja schließlich eine Power-Frau und Sie wissen genau, dass nur eine verletzte Muschel Perlen hervorbringen kann. Und Sie wissen, dass das Herz nach jeder schmerzvollen Erfahrung ein klein bisschen wächst; das bedeutet, Sie gewinnen von Mal zu Mal die Fähigkeit, intensiver zu lieben.

Sie werden feststellen, dass der erste große Schmerz nach etwa drei Wochen abklingt. Schön, wenn Ihnen Ihre beste Freundin während dieser Zeit zur Seite steht und Sie mit allem füttert, was Sie so dringend brauchen werden. Eine Freundin, die bereit ist, Ihre Geschichten immer und immer wieder anzuhören in allen Variationen, bis sie sogar Ihnen selbst zum Halse heraus hängen.

Anfangs werden Sie denken, dass es weit und breit keinen Mann gibt, der annähernd so einzigartig und begehrenswert ist wie der Ex. Schließlich werden Sie feststellen, dass die Welt nur so von einzigartigen und begehrenswerten Männern wimmelt, Sie müssen nur lernen, genauer hinzuschauen.

Glauben Sie mir nach einem Dutzend Trennungen von wirklich tollen Männern, die mir so richtig das Herz gebrochen haben, habe ich mir im Laufe der Jahre so etwas wie einen First-Aid-Koffer mit wertvollen Tipps zusammen gestellt, die ich Ihnen nicht vorenthalten will.

1. Abnehmen

Vielleicht gehören auch Sie zu den Frauen, die nach einer Trennung erst einmal gar nichts mehr essen wollen und wie in meinem Fall von Kaffee, Brot und Zigaretten leben. Machen Sie sich nichts daraus. Schließlich dauert der Spuk meist nur wenige Wochen und danach passt Ihnen Ihre Lieblingsjeans wieder.

2. Negativliste des Ex

Wir Frauen neigen dazu, nach einer Trennung ausschließlich uns Selbst die Schuld am Scheitern der Beziehung zu geben. Keiner hat behauptet, dass wir Engel sind, aber musste der Kerl, der uns gerade das Herz gebrochen hatte, so gut davon kommen. Oh No! Also ran an den Stift, meine Damen und los gehts mit der Aufzählung seiner äußeren und inneren Fehler (Machen Sie hier auch nicht vor seiner Penisgröße halt, schließlich fand er ja auch Ihre Brüste zu klein!).

Die Mängelliste könnte so aussehen:

· er lügt
· trinkt zu viel Alkohol
· schämt sich für Sie
· macht ständig andere für sein Unglück verantwortlich
· hängt am Rockzipfel seiner Mutter
· ist nicht zärtlich
· kann nicht zuhören
· geht nicht aus sich raus
· ist jähzornig
· interessiert sich nicht für Sie
· ist unromantisch
· hilft Ihnen nicht bei der Hausarbeit

- hat dünne Beine
- hockt vor dem PC oder sieht stundenlang fern auch bei schönem Wetter; anstatt mit Ihnen zum Baden zu gehen (und, das liegt nicht an seinen dünnen Beinen!)
- sein bester Freund ist ein Depp!

Und so weiter …

3. Sattweinen

Falls Sie zu den Frauen gehören, die nach einer Trennung am liebsten im Bett liegen bleiben, die Jalousie runterlassen und sich sattweinen müssen, nur zu! Spätestens nach drei Wochen werden Sie wieder den Gesang der Vögel hören können und die Blumen, die Ihnen Ihre beste Freundin bringt, nicht mehr als Trauerblumen sehen, sondern als Balsam für Ihr mehr und mehr wieder erblühendes Herz.

4. Loslassen oder die Macht der weißen Magie

Dieser Tipp soll Sie nicht in die Arme von Magiern, Kartenlegern oder Beziehungszusammenführern treiben. Ich will Ihnen nur einen Weg aufzeigen, der Ihnen helfen kann, Ihre Gedanken positiv zu lenken. Dazu müssen Sie allerdings die Ich-hasse-diesen-Scheißkerl-Phase schon hinter sich haben. Am besten, Sie machen diese Übung während der Einschlafphase: Denken Sie ganz fest an ihn und senden ihm folgende Gedanken: Wo immer du bist, was immer du tust, ich lasse dich los. Falls es zwischen uns Liebe war, werden wir uns irgendwann wieder finden, falls nicht, werden wir beide wieder alleine oder mit einem neuen Partner glücklich sein. Mit diesen oder ähnlichen Lebensweisheiten wiegen Sie sich selbst in einen erholsamen Schlaf. Langfristig gesehen, hören Sie auf, ständig an ihn zu denken, weil Sie die Verantwortung an das Universum abgeben.

5. Klassische Kontaktanzeige

Ich habe mich noch nie unmittelbar nach einer Trennung in einen anderen Mann verliebt oder mit irgendeinem Typen geschlafen, quasi als Rache. Aber eine kleine Anzeige in einem Internet-Portal oder wie in meiner Jugend in einer

Zeitung kann Wunder wirken (Der Vorteil der klassischen Kontaktanzeige ist folgender: Die Männer, die nur Sex wollen, würden sich nie die Mühe machen, Ihnen zu schreiben. Sie bekommen physische Post und keine kränkenden Mitteilungen von irgendwelchen Losern. Es geht ja um den Aufbau Ihres Selbstwertgefühls und nicht um eine Heiratsabsicht. Oder doch?) Wenn Sie zu den Frauen gehören, die Sex brauchen, um loslassen zu können, müssen Sie einfach nur tindern. Natürlich wissen Sie, dass die Männer, die Ihnen tolle Dinge schreiben und Sie mit virtuellen Blumen zuschütten, es möglicherweise nicht so ernst meinen. Aber darum geht es nicht! Sie sollen sich einfach wieder beachtet fühlen und nicht wie ein Blümchen, das man weggeworfen hat. Gehen Sie los! Flirten Sie, aber flüchten Sie sich nicht in die erstbeste Liaison. So wie eine Liebe Zeit gebraucht hatte zu entstehen, so braucht sie Zeit zu verschwinden.

6. Urlaub machen

Wenn es irgendwie geht, suchen Sie das Weite! Fliegen Sie irgendwohin, damit Sie nicht ständig an seinem Haus herum schleichen müssen oder tagelang das Telefon bewachen. Am besten, Sie geben ihr Handy Ihrer besten Freundin, damit sie wirklich nicht erreichbar sind und wenn möglich, löschen Sie seine Telefonnummern. Ich weiß schon, heutzutage kann kein Mensch mehr ohne Handy leben, aber wofür gibt es billige Handy-Modelle für den Urlaub. Falls Sie wieder ein Paar werden sollten, wird das Schicksal sie auch ohne Telefon zusammenführen! Im Urlaub lernen Sie neue Leute kennen. Sie lassen sich von der schönen Landschaft inspirieren und werden obendrein noch knackig braun. Und wenn er in dieser Zeit versuchen sollte, Sie vergeblich zu erreichen, wird das seine Fantasie beflügeln. Nichts ist so süß wie die Liebe, die nicht erwidert wird. Erinnern Sie sich an den Spruch Ihrer Großmutter: Willst du gelten, mach dich selten.

7. Power-Shopping

Plündern Sie Ihr Sparkonto. Sie tun es ja für sich. Kaufen Sie sich schöne Sachen. Ja, auch Schuhe! Vergessen Sie nicht, sich nun endlich die Brillanten-Ohrringe zu gönnen, die Sie sich schon immer gewünscht hatten. Wie lange wollen Sie denn noch darauf warten, bis es ein Mann für Sie tut? Sie sind eine Frau! Genießen Sie Ihr Leben! Und da Sie jetzt nicht mehr so fett sind, können Sie sich mit hübschen neuen Klamotten eindecken.

8. Partys

Gehen Sie wieder unter die Leute. Ob Klub, wandern oder ein schönes Abendessen mit guten Freunden. Hauptsache Sie lenken sich ab. Das kann ja auch ein Aikido oder Yogakurs sein. Als Sie noch ein Paar waren, haben Sie für Unternehmungen dieser Art sowieso keine Zeit gehabt. Ach ja, und werfen Sie endlich die Drei-Kilo-Hanteln weg, die er Ihnen einst geschenkt hat, damit Ihre Brüste straffer werden!

9. Erfüllen Sie sich einen Traum

Schreiben Sie ein Buch. Lernen Sie fliegen. Nehmen Sie Gesangs- oder Schauspielstunden. Erfüllen Sie sich Ihren Lebenstraum. Wenn der nächste Mann vor Ihrer Türe steht, sind Sie ja doch nur mit ihm beschäftigt und verwerfen womöglich wieder Ihre Pläne.

Waren das nun Tipps ausschließlich für Frauen?
Ich glaube nicht.

Klar, Männer kaufen keine Schuhe, aber vielleicht sind es ja neue Felgen. Möglicherweise trinken sie nach einer Trennung mehr Alkohol, aber das tun viele Frauen auch. Ganz gleich, ob Mann oder Frau, Sie sollten die *Bin-nicht-liebenswert-Phase* zügig hinter sich bringen. Sie sind liebenswert! Liebenswert, liebenswert, liebenswert!

Die Beziehung ist gescheitert, weil hunderttausend Faktoren daran beteiligt waren. Falls Sie wissen wollen, ob Sie wirklich über ihn hinweg sind, probieren Sie doch mal Folgendes: Hören Sie sich in einer ruhigen Minute I h r e n

Song an und riechen an seinem After Shave. Wenn Ihr Herz davon unbeeindruckt bleibt, sind Sie definitiv über ihn hinweg und können sich endlich sagen: Beim nächsten Mann wird alles anders!

SAMTPFÖTCHEN

Als ich Mariechen und Sadie aus einem nahe liegenden bayerischen Dorf holte, wusste ich nicht wirklich, was auf mich zukommen würde. Oh, ich hatte schon einmal Katzen gehabt, damals in den 1980-ern, doch diese Mädels sind keinesfalls mit meinen lethargischen Perserkatzen aus den Achtzigern zu vergleichen, die Gott hab sie selig bereits über die Regenbogen-Brücke gelaufen sind.

Falls Sie es sich überlegen, Katzen anzuschaffen, nur zu! Gestatten Sie mir an dieser Stelle zu berichten, was sich dann so alles ändern könnte? Nun, da ich eine überaus gutmütige und lustige Frau bin und im Leben immer *allways on the bright side of life* schaue, liste ich Ihnen erst einmal die positiven Veränderungen auf:

Der Abfluss in der Badewanne ist nie wieder verstopft.

Dank Ihrer Katzen brauchen Sie kein Sieb einzusetzen. Ihre Kätzchen popeln Haare und Dreck, das sich im Abfluss angesammelt hat heraus und legen das Zeug brav auf den Badewannen-Vorleger.

In der Wohnung ist es nie ganz still.

Das ist toll, denn wenn Sie so wie ich, von alten Möbeln umgeben sind, können sie ihre Ekelfantasien vergessen. Gedanken an Holzwürmer oder Geister gehören der Vergangenheit an. Sie können sich im Bett zufrieden umdrehen und weiter schlafen, denn Katzen rascheln ja bekanntlich immer irgendwie herum; so können Sie *Angstgeräusche* einfach auf Ihre vierbeinigen Mitbewohner schieben, die gerade ihren nächtlichen Patrouillengang durch die Wohnung vollziehen!

Massage umsonst.

Streifen Sie nach einem stressigen Arbeitstag ihre Schuhe ab und legen sich erst einmal bäuchlings auf den Wohnzimmerteppich. Vorausgesetzt Ihr Liebling ist gerade satt und Sie liegen lange genug da; denn wenn Katzen etwas hassen, dann ist es Hektik und Ungeduld. Katzen liegen gerne neben oder auf Ihnen, weil Sie ja so schön groß sind und potenzielle Feinde (Wölfe, Säbelzahntiger etc.) killen könnten. Und wenn Sie Glück haben, schenkt Ihr Kätzchen Ihnen eine Rückenmassage. Auf kätzisch heißt das Milchtreten. Selbst wenn das Katzilein nicht kommt, so können Sie das Herumgeliege in eine Meditation umwandeln. Ach, da fällt mir ein: Katzen lieben es, wenn Sie eine Melodie pfeifen. Meine Katzen kommen sofort, wenn ich Charly Chaplins »Oh! That Chello« pfeife. Das ist ganz praktisch: Wenn ich kurz vor Mitternacht ins Bett will und die Mädels von ihrem Abendspaziergang noch nicht zurück sind, brauche ich sie nur nach Hause zurückzupfeifen.

Die weiblichen Katzenmamis können sich fortan nicht ohne Weiteres den BH morgens anziehen.

Die Riemen sind einfach zu verlockend für die Fellmäuse. Aach, das macht doch nichts! Stellen Sie sich einfach barbusig neben das Bett und wedeln mit Ihrem BH herum; Ihr Mann und die Katzen werden fortan über die kleine morgendliche Spieleinlage verzückt sein.

Das Spülbecken oder auch andere Plätze werden als Ruhezone von den Katzen annektiert.

Nun seien Sie doch nicht so spießig! Zur Not können Sie sich ihre Hände auch gut in der Badewanne waschen. Ach ja, Vollbäder gehen nur noch hinter verschlossenen Türen, weil die Katzis ja sonst ins Wasser fallen könnten. Wobei …? Falls Sie übergewichtig sind, können Sie sehr wohl zusammen mit Ihrem Kätzchen baden. Und das Gute, Ihre Katze bleibt trocken. Sie glauben mir nicht? Picture this: Ich liege in der Badewanne und mein dicker Bauch ragt wie eine Insel aus dem Wasser hervor. Katze auf Insel, Katzenmama kann nun ungestört ihr Buch lesen.

Sie brauchen fortan nicht mehr im Frühjahr die Möbel nach vorne zu rücken, um den Staub darunter weg zu saugen.

Das machen die Katzen ganzjährig. Werfen Sie Spielsachen unter Kommode, Bett etc. Katze kommt samt Wollmäuse und Spielzeug-Köder nach vorne. Katze auf dem Balkon ausschütteln. Fertig! (Ein Scherz! Nur ein Scherz!)

Bei schlechtem Wetter locken Sie ihre Katzen einfach vor die Waschmaschine.

Zumindest kleine Katzen und Babys finden das richtig spannend. Gleichklang kann sehr aufregend sein! Hand aufs Herz, sind Sie nicht auch ein wenig zwanghaft, wenn Sie Ihre Lieblingsserie immer und immer wieder anschauen? Auch ganz schön: Bettenbeziehen. Ihre Lieblinge werden diesen Akt etwas hinauszögern, weil sie es für ihre tägliche Spielstunde halten, wo sie nach Herzenslust herum springen und sich unter das Bettzeug verstecken dürfen.

Leidenschaftliche Strickerinnen müssen sich überlegen, ob sie ihr Hobby für einige Zeit an den Nagel hängen.

Machen Sie es so wie ich: Nerven Sie ihre Katzen mit täglichem Pseudo-Strick-Stunden, will sagen, sie setzen sich eine Zeit lang immer wieder hin, tun so, als ob Sie stricken würden. Irgendwann werden Ihre Kitties das ständige Gestricke langweilig finden und gähnend an den Wollknäueln vorbeischlendern. Niemand kann jeden Tag seine Leibspeise essen!

Tragen Sie Ihre Katze herum.

Ich habe meinen kleinen Sohn ganz gerne in der Wohnung herumgetragen, als er ein Baby war. Besonders dann, wenn unser Mittagsspaziergang im Park bevorstand. So war er vollkommen satt vom mütterlichen Körperkontakt und schlief im Kinderwagen durch, bis wir wieder zu Hause waren. Auch Katzenkinder lieben das. Und für die ganz Kreativen unter Ihnen machen Sie es so wie Astrid Lindgren, die mit ihren Kindern *Niemand-berührt-den-Boden* spielte. Ihre Katzen werden schnurrend die neue Perspektive (Stellen Sie sich mal mit Katze auf dem Arm auf Ihre Kommode und versuchen Sie nicht zu denken, dass Sie jetzt total übergeschnappt sind, weil eine schräge türkische Autorin Sie zu solchen Spinnerein überredet hat ...) genießen und danach sanft einschlummern. Ach ja, öffnen Sie auch ruhig den Kühlschrank, damit Ihre Vierbeiner sehen, woher Frauchen und Herrchen ihr Essen bekommen. Abwechslung ist die Würze des Lebens!

Die Klobrille immer herunterklappen!

Sie müssen peinlichst genau darauf achten, immer die Klobrille herunterzuklappen. Für die kleinen Racker ist es eine Olympische-Disziplin, den Zeitpunkt abzupassen, wo sie sich die Hose hochziehen. Die Katzis fragen sich, was sie da auf dem komischen Stuhl so tun. Ich bilde mir ein, dass die Katzen nur sichergehen wollen, dass Sie als Katzenmama auch wirklich Ihr Werk ordentlich verbuddelt haben, um Feinde fernzuhalten.

Das waren nur zehn Punkte. Ich würde mich freuen, wenn Sie diese Liste mit Ihren Erfahrungen erweitern würden. Schreiben Sie mir gerne eine E-Mail: a.h.parlak@hotmail.de. Merci! Halt, da fällt mir noch eine Sache ein: Katzen ins Schlafzimmer, ja oder nein? Den Kinderlosen unter Ihnen empfehle ich: Lassen Sie sie ruhig mit ins Bett. Gut, Sie werden nicht mehr durchschlafen können. Und wenn Ihr Mann einmal spät nach Hause kommt, kann es passieren, dass er auf das Sofa ausweichen muss. Aber echte Katzen-Eltern verstehen das. Außerdem wäre das doch eine lebensnahe Übung für später, wenn sie einmal eigene Kinder haben werden. Oder?

SUGARDADDY

Die große Blondine schiebt ihren Begleiter vor das Schaufenster eines Juweliers und ruft: »Oh Liebling, sieh doch, ist das nicht ein wunderschöner Ring?« Deutlicher geht es wohl kaum, denke ich. Ihre Kleidung: Glitzer-Minirock, knallenger Seidenpulli, der ihren gepiercten Bauchnabel zeigt und schenkelhohe Wildlederstiefel. Alles in Weiß. Darüber trägt sie einen Pelzmantel mit dem passenden Mützchen. Ich gehe davon aus, dass es sich hierbei um Designer- Klamotten handelt und locker den Wert eines Mittelklassewagens hat. Während einer knappen Viertelstunde habe ich bereits drei Frauen mit Pelzmänteln gesehen. Gewiss kein Flohmarkt-Pelz, den sogar *Müslis* in den 1980-ern trugen, sondern von der Sorte Einzelanfertigung seltener Tiere. Und ich dachte, Frauen, die Pelzmäntel tragen, seien ausgestorben!

Die Blondine ist knackig-braun, duftet nach teurem Parfüm und hat enorm große Brüste. »Willst du ihn?«, fragt der Mann und macht ein Schmatzgeräusch. Er liebt es, sie glücklich zu sehen. Wenn sie im Laden mit leuchtenden Augen in die Hände klatscht und ihren falschen Busen hüpfen lässt, ist er der glücklichste Mann auf Erden.

Die Stadt scheint voll von aufgetakelten Tussis und ihren Shugardaddies zu sein. Kein Wunder, ich befinde mich ja auch in der Maximilianstraße, der Edel-Einkaufsmeile Münchens. Ich muss an *Julia Roberts* in *Pretty Woman* denken, als zwei hochnäsige Verkäuferinnen in *Beverly Hills* sich weigerten, sie zu bedienen, obwohl sie doch von *Richard Gere* mit reichlich Geld ausgestattet worden war. *Julia Roberts* alias »Vivian« war so billig gekleidet, dass man ihr nicht zugetraut hatte, solch edle wie teure Kleidung bezahlen zu können.

Ich registriere, dass die meist sehr jungen Mätressen nonchalant an den Armen ihrer Männer baumeln. Beinahe wie Spazierstöcke, ohne die ein vornehmer Herr aus dem neunzehnten Jahrhundert nicht aus dem Hause gegangen wäre. Diese Männer sind beileibe keine Schönlinge mit Waschbrettbauch und hohen Wangenknochen. Alt und vom Leben gezeichnet, tragen sie ihre jungen Freundinnen spazieren. Na ja, solange beide das kriegen, was sie wollen, ist ja alles in Ordnung oder nicht?

Nervig sind die reiferen Herren, die in Single-Portalen in ihren Anzeigen folgende Attribute einer Partnerin auf ihre Wunsch-Liste setzen: Schlank, nicht älter als ... was weiß ich aber immer mindestens zwanzig Jahre jünger als sie selbst, attraktiv und frei von Altlasten. Damit sind Kinder aus früheren Beziehungen gemeint. Eine dämliche Formulierung für etwas so schönes wie das Glück, eigene Kinder zu haben. Bezeichnend ist zudem, dass diese alten Knacker selbst nichts mehr vorzuweisen haben als »ihr Haus, ihr Auto und ihre Jacht«! Einige der Grandseigneurs posieren dann mit eingezogenem Bauch und stolzgeschwellter Brust vor dem Porsche, Mercedes oder BMW. Glauben sie wirklich, dass wir Frauen auf so einen billigen Trick hereinfallen? Den Tiefpunkt bilden Männer, die sich selbstverliebt und halb nackt ablichten lassen und uns Frauen (und manchmal auch Kinder) mit diesen Fotos belästigen. Ich frage mich: Welche vernünftige Frau würde schon in ihre Anzeige schreiben: »Suche jungen, gut durchtrainierten, potenten Mann mit Riesenpenis, eigener Putzfrau und nachweisbarer Fertilität«? Das liegt nicht daran, dass wir Frauen keinen Sinn für Erotik haben oder verklemmt sind, sondern uns einfach mehr Zeit in der Liebe lassen.

Okay, wenn wir Frauen also mehr Zeit brauchen, warum sind wir dann so umtriebig? So gehetzt? Sind es unsere Hormone? »Denken« unsere Gene, wir müssten besonders jugendlich und fruchtbar sein, um Männern zu gefallen? Wo ist die Zeit geblieben, als man sich erst einmal nur so traf? Miteinander ausging, bevor man in die Kiste hüpfte? Das Vorspiel gibt es schließlich nicht nur im Bett. Klar, was Männer können, können wir Frauen auch! Wir können mit jedem x-beliebigen Typen ins Bett gehen, wenn wir wollen. Doch die meisten Frauen können so was auf Dauer nicht (ich weiß, dass das eine überholte Einstellung ist, zu Zeiten von Tinder & Co, aber so sehe ich es nun mal). Sie wollen wenigstens ein paar anregende Gespräche mit ihm geführt haben, bevor sie mit ihm ins Bett gehen.

Es gibt da diese vier Schritte-Theorie:

Schritt 1. Sympathie
Schritt 2. Kennenlernen
Schritt 3. Verliebtsein
Schritt 4. Sex

Die meisten Frauen wählen aber folgende Reihenfolge:

Schritt 1. Sympathie
Schritt 2. Sex
Schritt 3. Verliebt sein
Schritt 4. Kennenlernen

Mann, oh Mann! Doch wie regeln das »käufliche« Frauen, die sich als Anhängsel oder Accessoire eines reichen Mannes zufriedengeben? Was sind das für Frauen? »Geldgeile Weiber« werden manche sagen. »Arbeitsscheue Frauen, die auf Kosten anderer leben« werden andere entgegnen.

Okay! Gehen wir doch mal vom klassischen Fall aus: Ein reicher Mann begibt sich in eine Nobelbar oder in einen Klub, dort treibt sich das Mädchen, sagen wir Nicole herum. Wie tickt Nicole? Was ist ihr wichtig? Welche Ziele hat sie? Ein Hang zum Materialismus kann hier nicht verleugnet werden. Aber ist diese Geldgeilheit nicht eher eine versteckte Form von mangelndem Selbstbewusstsein oder die latente Angst, für sich selbst sorgen zu müssen, eine verkappte Nesthockerin sozusagen? Oder ist es ein banaler Ödipuskomplex, der ohnehin jedem unterstellt wird, wenn er mit einem älteren Partner zusammen ist?

Kann eine Frau, die sich dessen bewusst ist, wer sie ist und welche Möglichkeiten das Leben ihr bieten kann mit all den potenziellen Erfolgsaussichten, sich für ein Leben an der Seite eines Mannes entscheiden, den sie, und das unterstelle ich diesen Mädchen nicht liebt? Und wie ist es mit den Männern? Würde ein Mann, frage ich mich, der etwas von sich hält, sich mit der geheuchelten Liebe einer jungen, schönen Frau abfinden, wenn er das Echte von einer älteren Durchschnittsfrau bekommen könnte?

Selbstverständlich würde ein Mann, egal wie integer und tiefgründig er auch sein mag, ein Leben mit einer jungen und schönen Frau vorziehen, wenn man ihn zur Wahl stellen würde.

Zur Ehrenrettung dieser Männer muss ich zugeben, dass nicht wenige Frauen einem Mann von je her das Gefühl gegeben haben, Diamanten seien ihre besten Freunde.

Letztendlich geht es darum, dass es sich bei der Liaison um zwei Erwachsene handelt, die wissen, was sie tun. Eine sichere, einvernehmlichere Vereinbarung, von der beide profitieren können, während Prostitution normalerweise nur einer Person zugutekommt.

KEINE ANGST VOR EINBRECHERN!

»Ach Kindchen!«, sagt meine Mutter. »Warum musst du nur immer wieder im Erdgeschoss wohnen? Such dir doch mal eine anständige Wohnung! Am besten im zweiten, noch besser im dritten Stock. Denk an all die vielen Einbrecher!«

»Du hast ja Recht Mama. Ich schaue mich mal nach einer schönen Wohnung im dritten Stock um«, verspreche ich, damit sie Ruhe gibt. Doch woher habe ich nur diese Vorliebe für Erdgeschoss-Wohnungen? Vielleicht liegt es ja daran, dass ich es für unnatürlich halte, so in der Luft zu schweben? Ähnlich wie die Quäker, die auch lieber mit der Pferdedroschke fahren als mit dem Auto. Okay, so viel ist klar: Wenn man alleine wohnt und nicht einen Gatten wie HULK neben sich im Bett liegen hat, sollte man besser nicht im Erdgeschoss wohnen. Es ist ja nicht so, dass ich es nicht versucht hätte. Todesmutig bin ich einmal in den ersten Stock gezogen – doch kurze Zeit später zog ich wieder in eine Parterre-Wohnung, weil es mir da oben irgendwie schwindelig wurde. Nun ja, es gibt da allerdings ein ernst zu nehmendes Problem! Als Single-Großstadt-Parterre-Wohnung-Bewohnerin bin ich Freiwild für alle Serienkiller, Voyeuristen und Einbrecher. »Sperr doch einfach deine Wohnzimmertüre ab, wenn du schlafen gehst!«, schlägt meine Freundin Andrea vor, die noch nie unbemannt durchs Leben gegangen ist und es sich leisten kann, in einer Starnberger Erdgeschoßwohnung voller Gold und Silber zu wohnen, beschützt von Alfy, ihrem Schwergewichtsboxer und zwei Pitbulls. »Besser noch, du schließt die Schlafzimmertüre ab, dann muss der Einbrecher schon mächtig Krach machen. In der Zwischenzeit springst du aus dem Schlafzimmerfenster ins Freie und rufst uns an!« Nein, das war keine gute Idee! Erstens schlafe ich gerne nackt und ich will ja die Fußgänger nicht verschrecken! Sie müssen wissen, dass ich figürlich der Cindy aus Marzahn gleiche und nicht Heidi Klum!

Da hatte ich eine bessere Idee!

Ich schrieb meinem zukünftigen Einbrecher einen überaus freundlichen Brief: Gut leserlich in Times New Roman Größe 20, Bold. Ich erlaubte mir ein kleines Späßchen und platzierte ein nettes Bildchen mit den »Dalton-Brüdern« unter meine Zeilen. Zur Sicherheit hinterließ ich meine Handynummer. Man konnte ja nie wissen! Ich sah meinen Einbrecher vor mir, wie er leichtfüßig durch mein Wohnzimmer schlich und sich seinen Sold, ohne auch nur einen Kratzer zu hinterlassen, in seinen Beutel steckte.

Ich bin die Erfinderin des »Einbrecher-Abos«, meine Damen und Herren.

Zwei Wochen später kam der erste Einbrecher vorbei, während ich tief und fest in meinem Bett zwischen meinen Katzenmädchen Mariechen und Sadie schlief.

Da er es nicht besser wusste, hatte er sich mit einem Brecheisen Zugang zu meinem Wohnzimmer verschafft. In Zukunft würde er natürlich den Ersatzschlüssel, den ich neben den Mülltonnen unter der Keramikschildkröte versteckt hatte, nehmen, um ins Haus zu gelangen. Diesmal befand sich auf meinem Couchtisch ein Kuvert mit fünfhundert Euro – mehr Geld hatte ich eh nie im Haus und gelobte meinem Einbrecher feierlich keinen Schmuck zu besitzen, was der Wahrheit entsprach. Meine einzigen Wertgegenstände (Notebook und eine sehr alte Spiegelreflexkamera) rührte er nicht an, weil ich bemerkt hatte, dass ich Schriftstellerin sei. Was für ein feiner Mann! Ach ja, hatte ich erwähnt, dass ich einen Röhrenfernseher und einen Herd mit Kochplatten besitze?

Mein Einbrecher, der »Bierbauch-Hansl«, wie er sich netterweise zu erkennen gab, hinterließ mir auf meinem Anrufbeantworter eine kleine Nachricht. Er sagte, er werde nur einmal im Jahr vorbeikommen, daher würde es genügen, wenn ich nur zweihundert Euro hinterließe, damit ich mir einen gescheiten Fernseher und Herd leisten könne. Was für ein generöser Mann!

So kam es, dass mein äußerst kluges und großzügiges Verhalten sich in den Einbrecherkreisen herumsprach und als ein frecher Junkie glaubte, mich bestehlen zu müssen, musste ich nur geschwind den Bierbauch-Hansl anrufen, der sofort zum Tatort herbeieilte und sich den Süchtling zur Brust nahm.

Seitdem kann ich ruhig schlafen. Nicht nur ich – auch meine Nachbarn, die meinem Tipp gefolgt sind, leben nun friedlich und glücklich in Berg am Laim. Sie haben mir zu Ehren neulich ein Straßenfest organisiert. Bierbauch-Hansl war natürlich auch da!

CARLOS MEIN »DÖNER-MANN«

Kennen Sie das? Sie sind umgezogen. Irgendwann ist auch das letzte Regal angebracht, alle Behördengänge erledigt und selbst für das Auto haben Sie ein hübsches Plätzchen zum Parken gefunden. Sie wissen, wo sich der nächste Bäcker befindet und welche Tankstelle Ihr Lieblingseis verkauft. Einer der Nachbarn erweist sich als besonders zuvorkommend und nimmt ihre Paketlieferungen entgegen, wenn Sie nicht da sind und die Kellner im Café um die Ecke scheinen Sie zu mögen; das ist der Zeitpunkt, wo Sie das empfinden, was ich »Jetzt-bin-ich-endlich-daheim-Gefühl« nenne.

In meinem Fall trat dieses Gefühl dank eines Döner-Verkäufers ein. Er heißt Ibrahim, nennt sich aber »Carlos« wegen der Deutschen, insbesondere der Deutschen Frauen. Carlos ist ein Baum von einem Mann und kommt aus Afghanistan. Und wie es sich für einen richtigen Afghanen gehört, hat er dichtes, schwarzes Haar und ebenso dichte, schwarze Augenbrauen und unverschämt lange Wimpern. Carlos war von Anfang an anders. Ich muss dazu sagen, dass Carlos *mich* entdeckt hat. Nichtsahnend überquerte ich die Ampel und lief auf seinen Wohnwagen zu, der auf dem Parkplatz vom *Netto* stand und über und über mit bayerischen Motiven (Bier, Brezeln, Schweinshaxen) geschmückt war. Er verkaufte zwar weder Bier noch Schweinefleisch – aber das macht nichts. Man darf in Bayern nicht so kleinlich sein, schließlich sind wir hier ja das Italien Deutschlands.

»Was nehmen Sie Madame?«, hatte er mich gefragt, als ich zum ersten Mal vor ihm stand. Das heißt, er thronte über mir an seinem angestammten Platz. Zu seiner eigenen, beachtlichen Größe kam ja noch die Höhe des »aufgebockten« Wohnwagens dazu. So stand ich also vor ihm, klein, übergewichtig, hungrig und müde.

Ach«, sagte ich. Mein schlechtes Gewissen wegen eines bevorstehenden Fleischverzehrs brachte mich fast um. »Ist das …?«

»Das ist Rind Madame!«, warf Carlos ein und legte seinen Kopf mitfühlend zur Seite. »Kein Kalbfleisch! Ich bin kein Mörder Madame!« Okay, das war nicht wirklich hilfreich, aber woher wusste Carlos, dass ich keine Tierkinder aß? »Möchten Sie Baklava zum Nachtisch«, fragte er, nachdem er meinen Döner in Alufolie eingepackt hatte. »Meine Mutter macht ihn selbst. Wissen Sie, ich bin Junggeselle.« Carlos zwinkerte mir bedeutungsvoll zu.

Später erfuhr ich, dass seine Frau und nicht seine Mama die Baklavas zubereitete.

»Okay«, sagte ich und lächelte verkrampft. »Dann nehme ich ein Stück.«

»Madame lebt alleine«, stellte Carlos fest und zog kurz die Mundwinkel herunter. Ich nahm mir vor, das nächste Mal zwei Döner und vier Baklava mitzunehmen. Er sollte mich nicht für einen erbärmlichen Single halten, der sich gelegentlich einen Döner zum Feierabend gönnte!

In den folgenden Monaten, immer dann, wenn ich mal schnell zum Netto musste, winkte mich mein neuer Freund herbei und ließ mich von seinem Baklava kosten. Ein anderes Mal stellte er mir seinen Kumpel Hubert vor. »Mich wollen Sie ja nicht Madame«, sagte mein verhinderter Liebhaber. »Aber Hubert ist sehr nett und sehr alleine.« Aus Hubert und mir wurde kein Paar, aber ich versprach Carlos, mich umgehend bei ihm zu melden, wenn ich wieder »bemannt« durchs Leben gehen wollte.

Neulich war ich wieder bei ihm, kaufte einen Döner und Pommes. »Was macht das?«, fragte ich und zückte mein Portemonnaie. »Ach, geben Sie mir was Sie wollen Madame«, sagte Carlos und stellte die arabische Musik leiser, die aus dem Kofferradio im Hintergrund trällerte.

»Aber Carlos!«, sagte ich und sah ihn hilfesuchend an.

Carlos blinzelte leicht. »Gut Madame, geben Sie mir vier Euro«, sagte er.

»Das geht doch nicht«, protestierte ich und legte ihm acht Euro auf den Tresen.

»Nein Madame, Sie irren sich, das macht vier Euro!« Carlos konnte aber stur sein!

Das ging hin und her, bis eine Kundin, die sich unser kleines *Nein-ich-geb-weniger-nein-ich-geb-mehr-Spiel* nicht mehr länger ansehen konnte, knurrte: »Nun geben Sie ihm schon die verdammten vier Euro!«

Acht Wochen später …

Carlos Wohnwagen stand völlig verwaist da. Irgendwann sah ich ein dünnes Männlein in dem Wohnwagen herumhantieren: »Was darfs sein?«, fragte der Typ.

»Wo ist Carlos?«, fragte ich zurück.

»Sie meinen sicher Ibrahim? Ach, der ist wieder in Afghanistan«, sagte der Neue mit abgewandtem Blick.

»Aber …«

»Sein Asylantrag wurde abgelehnt«, sagte der Mann und wandte sich dem nächsten Kunden zu.

»Ach so«, sagte ich noch und ging zur Seite, damit der Mann hinter mir bestellen konnte. Eine bleierne Schwere erfasste plötzlich meinen Körper. Seltsam, ich war traurig. Wirklich traurig. Ich war traurig wegen eines Mannes, den ich überhaupt nicht kannte. Ein Verkäufer. Ein Hallodri vielleicht. Esoterisch veranlagte Menschen würden sagen, dass alte Seelen sich begegnen können und eine Nähe herstellen, wie es nicht mal unter besten Freunden möglich ist. Vielleicht war es so. Vielleicht aber hatte ich in ihm etwas gesehen, was mich an zu Hause an die Türkei erinnerte. An die lockere Gastfreundschaft, die ich so sehr vermisste. Später, nachdem ich meine Gute-Nacht-Zigarette geraucht und die Terrassentüre geschlossen hatte, sah ich Richtung Osten und schickte meinem lieben Freund Ibrahim Herzensgrüße nach Afghanistan und hoffte, dass er und seine Frau in einer friedliche Ecke des Landes lebten. Im Masar-i-Scharif vielleicht, wo rund um die Stadt die Bundeswehr stationiert ist. Er wird dort nicht mit Frauen flirten können, aber irgendwie wird er sich an seine Umgebung anpassen und seinen Zauber verbreiten, wie bei uns in Berg-am-Laim im Deutschen Lande.